月亮照在村庄上

窦小四 / 著

中国铁道出版社有限公司
CHINA RAILWAY PUBLISHING HOUSE CO., LTD.

图书在版编目（CIP）数据

月亮照在村庄上 / 窦小四著 . — 北京：中国铁道出版社有限公司，2023.12
ISBN 978-7-113-30751-6

Ⅰ. ①月… Ⅱ. ①窦… Ⅲ. ①散文集 - 中国 - 当代 Ⅳ. ① I267

中国国家版本馆 CIP 数据核字（2023）第 220050 号

书　　名：月亮照在村庄上
YUELIANG ZHAO ZAI CUNZHUANG SHANG
作　　者：窦小四

责任编辑：奚　源　　编辑部电话：（010）51873005
封面设计：闰　江　　投稿邮箱：zzmhj1030@163.com
责任校对：刘　畅
责任印制：赵星辰

出版发行：中国铁道出版社有限公司（100054，北京市西城区右安门西街 8 号）
网　　址：http://www.tdpress.com
印　　刷：三河市兴达印务有限公司
版　　次：2023 年 12 月第 1 版　2023 年 12 月第 1 次印刷
开　　本：889 mm×1 194 mm 1/32　印张：7.75　字数：153 千
书　　号：ISBN 978-7-113-30751-6
定　　价：48.00 元

月亮和李白的诗最像
村庄是杜甫
他们
一直在用自己的身体
开着远光
一千年太短
就像月亮照在村庄上

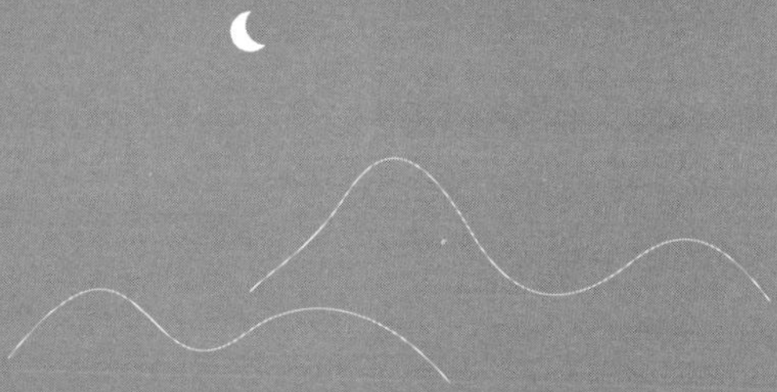

序言

月光可度红尘，亦可度众生

便想起凉州的月光，故乡的月光，亲人般的月光。几乎在所有的小说中都要写月光，也为童年的月光写下很多诗。

兰州的月光便极不如人意。早年读书时，是看不到月光的，那时都说兰州上空有一个锅盖一样的云层，把夜空都遮去了。那时不曾记得看过月光星空。十年前治理好了，有了兰州蓝，天空应当是好了。但困在城市里的人是不会看夜空的，只是会偶尔用手机拍下城市里的月光。然而，这月光不会入梦来。

乡村的月光是会拂过我们的梦境的，我们会打开窗户让月光进来，至少不会拉上窗帘，挡住月光。所以凉州的月光于我是最亮的，总是怀着淡淡的哀愁，和着大千世界的鼾声，在度着大千世界的众生。众生醒来，看见太阳又是一轮新的骄阳，便又重振生活的信心，忘却忧愁。一阴一阳如是循环往复。众生生生死死，世界生生不息。

这是读窦娟霞的散文引发的感悟。她的散文是从故乡的月光和祖母开始的，但也是凉州的月光。只是她比我小很多，大概不曾被同一片月光照拂过，但我们的感受是相同的。还有那被寒风吹彻的木柴。真的是人生代代无穷已，江月年年望相似。大概几千年前凉州的古人抬头看见的，和我们都是同一轮银月。昆仑山上的银月便成了坤月，可度人，可拜月祈愿。

事实上，她的祖母便是这样之人，度自己，也度别人。她称月亮为“菩萨”，正是如此。由此我便花了一个上午看了全部的散文。如果这部散文是一个世界，那些村庄、那些无名的女子、那些麦子、那些苜蓿、那些木柴、那些雪、那些河流、那些事、那些人……包括她这些饱满如麦粒的奇异文字、深藏于岁月深处令人惊讶的心事以及始终未能吐穗为锦绣的灼灼才华，还有这些文字涉及的所有人、物、事，都是这个世界里的众生。

至于那红尘中的人，忧伤、爱、执拗，包括她深爱的父亲、母亲、女儿，亦在被度之中。人世茫茫，生死不可期，虽有诸般种种令我们生死难忘，但终有尽头，由此而产生诸般烦恼，唯有那一轮一生下来便相照拂的明月是永恒的，是一生可望的。

望着望着，便忘记了哀伤、烦恼，忘记了世间一切的不快，当然也有诸般欢乐，只剩下那平静的乡村，万物喧哗而一统，万物皆成而不害，万般放下而新生。

感谢娟霞写出这一片月光。

徐兆寿

2023 年 10 月 5 日　于双椿堂

徐兆寿，凉州人，复旦大学文学博士。现任西北师范大学传媒学院院长，教授，博士生导师。甘肃省文联副主席、中国当代文学研究会副会长、甘肃省当代文学研究会会长，甘肃省电影家协会主席。教育部新世纪人才，甘肃省领军人才、“四个一批人才”。国家社科基金重大项目首席专家，第十届茅盾文学奖评委。中国作家协会会员，甘肃省首批荣誉作家。《当代文艺评论》主编。

目录

第一辑·生命的力量

看到任何美好的事物

我从来不打听它们的名字

和家族

我只是会像小时候一样

带着微笑轻轻地走向它们

胡杨林　小树叶

沟壑　断崖

清溪里的水

奔跑的麋鹿

微雨中双飞的燕子

窄门　神龛

和静夜里独自飘落的白雪

……

这些纯洁　真诚　无罪的事物它们使我觉得幸福

——窦小四

月光下的白菩萨

是微凉的九月里天气，风吹得院子里堆砌的木柴“咣当咣当”响。

祖母慢慢起身，挪动双腿，轻轻地打开了木门，又轻轻地掀起了绣着彩色鸳鸯图案的白门帘。见没有人，祖母就望着天上的一枚白月亮沉默了半晌，然后缓缓地说：“哦，原来是菩萨！”

天清地白，祖母慢慢放下门帘，关上木门，又慢慢地折转身爬上了土炕。

爬上了土炕的祖母并没有睡去，她盘腿端坐在窗前，月亮照在村庄上，银白色的月光从空中洒下来，洒到白色的窗户纸上，这白色的光亮折射在祖母身上和她的满头白发上，明晃晃的。

花纹更好看的石头，是母石头。

你看，那石头碎碎的，它能堆成山。

羊毛细细的，它能织成毡。

娃娃们，麦不离豆，豆不离麦。

这些话，都是祖母说的。

那一年，听说村里有人参军去支援邻邦抗击侵略，还很年轻的祖母突然放下手中的活计，一脸严肃地说：“外国人的脸也是脸，不是神。打这些侵略者，一直打到他们回老家。”

每到吃饭的时候，祖母总会颤颤巍巍地端出一碟腌蒜来，说：“一斤老醋一斤糖，三斤大蒜命最长。”祖母果然很长寿。

祖母也曾说：“人活人啊，最终都只是活了个人，别的啥都不值钱。”只可惜，祖母是家里的独苗苗。身为早时县里官长的祖母的父亲，娶了一房老婆，只生了一个女儿，就溘然长逝了。留下的家资，则在时间中散落。

祖母嫁给了是平头老百姓的爷爷。爷爷长得好看，爷爷家也不富裕，但爷爷却好吃懒做还脾气不好。祖母冷不丁就会被他摁在呛鼻的土炕上殴打。然而，祖母却从来不哭不闹甚至不出声。等爷爷最后停了，可怜的祖母就一个人安静地流一会儿眼泪，拢一拢披散开的头发，收拾衣裳起敛容，给一大堆儿女预备衣服饭食去了，仿佛什么都没有发生。

四个儿女是祖母一个人将养大的，西厢房是祖母私计修下的，东厢房是祖母私计盘下的，房院周围的十几棵大柳树是祖母亲手栽下的，只有最后的大上房，是祖母的大儿子成才以后建的。

祖母其实生了不止四个孩子，“有十三四个吧，活下来的就这四个，还有一对双胞胎，也没存下。”说起这些其实是伤心事的过往时，祖母却总也是笑容微微，仿佛在说着与自己不相干的事。然而，生活在崖柳村的人都知道，那时候穷，没有医生，没有药，地里挖洋芋背玉米着呢，沟里扫树叶铲草根着呢，娃娃就生在裤裆里了，能活就活，活不了的就算了。福大命大的还能奔到土炕上去，可是，不管咋生，女人们是生一回死一回。

也会偶有那么点少得可怜的闲暇时候，祖母就会给大家讲有趣的事。

比如，她会给我们讲“蝉翼小人和细鸟”的故事：“勒毕国人只出现在清透干净的空气里。勒毕国人的身材好精致细小哟，终身只能长大三寸。他们有非常灵巧的翅膀，常常会成群结队地飞到耀眼的日光下，曝晒自己、翻腾自己，汲取光和热。直到什么时候呢？直到他们每一个的身体都会发光发热，并且能够照亮照暖别人了才会回去。”

“他们特别会玩耍，而且，他们的语言是多么丰富啊，他们比鹓雏还高洁，他们比凤凰还要美丽，他们只饮丹露。小家伙们，你们知道什么是丹露吗？丹露啊，丹露就是每天新太阳刚刚升起来的时候折射下发出红光的露珠啊。”

再比如，祖母会给大家讲：“南边不仅有杨柳春风，更有燕子金鱼，白剑可以破红花，是什么样的红花啊，是武则天的诗里‘不信比来长下泪，开箱验取石榴裙’里一般红色的红花，也是曹雪芹《红楼梦》里‘榴花开处照宫闱’的红花。更有割断的系船蜀锦随江奔流，春江小舟击汰，马蹄声过，青衣白袖，少年公子的笑声，像是被水洗过……”

故事，总会在这里结束。而祖母本来微笑的面颊，也总会在这一瞬间凝固，明亮的眸子里，有泪如珠，仿佛，她仿佛回到了时间背转身去很久了的远方。

从生死苦难里淘洗出来的祖母，总结出许多生育的经验，于是，她就帮人接生救命。她帮人接生，从来不辞辛苦，从来不受毫厘，不单如此，还缺米汤的给在自己的围肚儿里带把米，缺粗布的给在胳肢窝下夹一件旧衣衫。家里没人照料的，祖母就在紧锣密鼓地安顿好自己一家老小的琐事之后，自己去洗洗涮涮照顾那新生了娃娃的女人。

祖母就这样，把生死延续这件事，从她三十几岁做到了她八十多岁。崖柳村的老人都说，这个村子里一半以上的人的性命，是“勤勤子”救下的。

祖母笑而不语，只有她知道，她的名字其实不叫“勤勤子”，qinqin 不是那个“勤勤”，而是“蓁蓁”，“真”音，是她的父亲给她从《诗经》里摘出来的话，《诗经·周南·桃夭》里说：“桃之夭夭，其叶蓁蓁。”蓁蓁者，茂盛貌。

夜晚是个哑巴，连那窗前的柳树啊、飞絮啊、月影啊，都是哑巴，它不陪祖母说话，祖母只有自言自语。

祖母不出屋子，就能知道天气，墙上一幅古画，斑斑驳驳，枯黄将碎，是兀自强忍着不掉下来的样子，喑喑哑哑，破败不堪。

农人不懂，进来一个，就开玩笑说，还不如一张年画呢，新鲜又好看，一个说了另外一个又说，祖母只笑而不语。其实，那幅古画，是乾隆年间一位高人所画，能示阴晴，是祖母的父亲留给祖母的。祖母就是靠着它在闭门不出的时间里判断天气。

后来，数十年光阴，祖母都是在无私地帮着别人的日子里安静地度过的。

在最后十几年的光阴里，她的儿女们，竟然像碧绿的树叶集体遭遇暴风雨一样，一个一个悄无声息地从他们各自的村庄里剥落了。

先是三女儿，肺结核没了，留下一儿一女。

之后，是二儿子，绞肠痧，无子。

之后，是三儿子，脑梗，留下两女一儿。

祖母的大儿子死的时候，墙上的画卷掉下来了，如堆如絮，如灰如尘，麦衣一样，经年蜡黄的宣纸瞬间萎了一地。人们都瞒着她。她也不说破。只，从那一天起，她不大出去帮人忙了，只静静地一个人在土炕上盘腿坐着，像一尊白菩萨一样，闭着眼睛满头白发地端坐着。新死的、旧死的儿女们，正在以更加清晰的模样在她的心头撕裂般疼痛鲜活。

院子里空荡荡，月亮照在村庄上，照在村庄上的月光像牛奶一样在四野里乳白色流淌，天与地，只黑白两色，像极了人的眼睛，噙不住眼泪。

是微凉的九月里天气，风吹得院子里堆砌的木柴“咣当”响。

祖母慢慢起身，挪动双腿，轻轻地打开了木门，又轻轻地掀起了绣着彩色鸳鸯的白门帘，见没有人，祖母就望着天上的一枚白月亮沉默了半晌，然后缓缓地说：“哦，原来是菩萨！”

天清地白，祖母慢慢放下门帘，关上木门，又慢慢地折转身爬上炕。爬上了炕的祖母并没有睡去，她盘腿端坐在窗前，月亮照在村庄上，照在村庄上的银白色的月光从空中漫洒下来，漫洒到白色的窗户纸上，这白色的光折射在祖母身上和她的满头银发上，明晃晃的。

就这样，过了快一年光阴。

过几天就是小儿子的一周年祭了，人们强装笑脸偷偷摸摸地忙活，没有大张旗鼓，也没有搭席设宴，只是蹑手蹑脚地准备了点纸钱去坟上烧了。

他们回来的时候，也没有一起回来，而是各回各家了。祖母也还是安静地坐在炕上，闭目不言。

直到过年。

接下来的一个年，过年的时候，小辈们都来给她磕头。祖母收拾得干净整洁，雪白的头发一丝不苟地在后脑勺团成一个精致的发髻。尽管已是耄耋之龄，祖母依旧是安静地端坐在炕上，面朝儿孙，面带笑容。

等晚辈们磕完头，给她作揖的时候，她突然开口说话了。

她说：“四儿没了，我知道，你们，别瞒着我了。年是新年，你们好好过。”

顿了顿，又说：“花纹更好看的石头，是母石头。你看，那石头碎碎的，它能堆成山。羊毛细细的，它能织成毡。娃娃们，麦不离豆，豆不离麦。”

说完，半晌，再没有了任何声息，一片死寂。

突然，人群里一阵哭声，被一阵哭声罩在狭小空间里的老祖母，满头雪白，像一尊菩萨，端坐在炕边，紧闭双唇，闭目不言。

又是一个隆冬天气，那也是祖母生命中最后一个隆冬天气，风吹得院子里堆砌的木柴“咣当”响。

祖母慢慢起身，挪动双腿，轻轻地打开了木门，又轻轻地掀起了绣着彩色鸳鸯的白门帘，见没有人，祖母就望着天上的一枚白月亮沉默了半晌，然后缓缓地说：“哦，原来是菩萨！”

天清地白，祖母慢慢放下门帘，关上木门，又慢慢地折转身爬上炕。爬上了炕的祖母并没有睡去，她盘腿端坐在窗前，月亮照在村庄上，照在村庄上的银白色的月光从空中漫洒下来，漫洒到白色的窗户纸上，这白色的光折射在祖母身上和她的满头银发上，明晃晃的。

那也是老祖母最后一次听见木柴被风吹得发响，那也是老祖母最后一次看到月亮明晃晃地照在村庄上，那也是，老祖母最后一次，在掀起绣着彩色鸳鸯的白门帘以后，缓缓地说：“哦，原来是菩萨！”

年初三，夕，祖母殁，享年八十三。

她走了之后，人们在她的枕头旁边看到了一个精致的红木匣子，让长房长孙打开一看，竟是价值不菲的金银细软，匣子一旁，是几幅古旧字画，还有一套衣服，匣子里有一张用细密密的蝇头小楷写就的纸条：“大难至，尽其用！”

后，大地动，村人房舍毁坏大半，众人惆怅之际，忽有一人想起祖母的匣子，和她的纸条。

商议之后，决定遵照她的遗愿：“大难至，尽其用！”遂，众人净手焚香，集体跪而拜，拜而叩首，者三。

这世上到底有没有菩萨呢？也许，菩萨只是个代表善良与仁义的代名词吧。村里人都说，对于这个村子，老祖母，这个善良、隐忍、受过苦难，却慈悲仁义的人，就是照亮周围的洁白而神圣的白菩萨。

后，“崖柳村”更名为“插蜡村”，是为纪念祖母照亮了村人们。恰如，月亮照在村庄上。

月亮照在村庄上

唐代韩云卿有云："变氛沴为阳煦，化险阻为夷途。"我想这句含有"由危险转为平安"意思的话，用来形容我小时候饮牛这件事，以及我这小半生的心路历程，也是极为贴切的。

过程是这样的。

大姐出嫁之后，二姐很快就考上了大学，家里的农活除了父母必须承担之外，就骤然降落在了其实还没长大的我身上。

令我永生也无法忘怀的，是夜晚饮牛。

大西北干旱，普遍缺水，牛饮水量大，农户家里是不可能具备这样大的饮水量的，何况我家的牛还是三头，所以饮牛只能是赶着牛向远处去寻找水源。

而所谓远处的水源，能够在努力之后够得着的，其实也只有两处。一处相对比较近，是村子下面的小河，但是要去那里，必须经过一段险途。这条饮牛的路，白天是可以的，晚上就不能走，因为那条鸡肠小道实在太弯曲、逼仄而险恶了。

而另一处则是远在荒无人烟的野地里。在两座小山的夹角处，确实是有一眼一年四季汩汩淙淙的泉水。但是这眼泉水距离家很远，要到达它，其间不知道要经过多少沟沟坎坎，爬过多少山坡陡峭，路依然很弯曲很逼仄，然而，这一切还不算什么，它们都不足以阻止我虽幼小却勤却勇的心，让我心生恐惧的，是距离泉水不远的那座小白房子。

这眼泉水所在的这座山的对面，是另外一座山，向东望去，是遥远的范家塬和范家湾；向北望去，是遥远的鸭坪和小庄。这些村庄如同天兵一样被天将随意地撒落在这黄土高原上如同老人的皮肤褶皱一样的山坳间，或大或小，或散或聚，或闹或寂。那时候，人们还十分节省，在没有月亮的夜晚，极个别的灯火如同眼睛，似明似灭，而就算是离这泉水最近的，能够望得着的村落，也依旧是在遥远的哈家村和北山上，房屋看不清楚，树木看不清楚，更别说草垛和柴堆了。

哈家村再往下，是一条黄土铺就的公路，一年四季白灿灿的，从高远处看，活像一整条软和的被拉扯得很均匀的洁白的裤带面。而这条乡间公路在蜿蜒蛇行至哈家村庄正下面的时候，就恰好被一条常年干涸的小河截断了。在有水的季节里，小河里的石子大小不一，洁白光滑，集体明晃晃地在太阳底下淘气地比亮，河水中还会偶尔看到土色的泥鳅和乌黑的蝌蚪。那时候，这条河上，还没有桥。后来，在这条河上所修建的小桥不远处向南，是一个涝坝，叫“哈家坝”，而这座小白房子，就坐落在哈家坝和我需要赶牛去喝水的这眼泉水的中间半坡上。

这间小白房子，它的颜色被刷染得极白，尤其是在夜晚的时候，那种白让人觉得瘆得慌，特别是它的用途，它是一座停尸房。

知道我的恐惧了吧？

一个十一二岁的小姑娘，在夜晚七八点，甚至八九点钟的时候，独自赶着三头牛，两头大母牛，一头小牛犊子，要从村庄温暖的家里，一步一步远离村庄而到这里来让它们喝水，喝饱饱的水，因为家里的农活实在太多了，吃饱吃不饱的，总也不能让它们再干渴着嘴巴和四个胃给我们干活吧。也许您会说，为什么不早点呢？因为一放学，父母总也还在地里割麦子啊种土豆啊拔胡麻啊，你得先参加土地上的劳动而直到暮色四合，直到天地完全暗得看不到了，大家才能一起回家。回了家之后，父亲得去他开的厂子里忙厂子的事，而母亲呢，就开始马不停蹄地拖着已然十分疲惫的身体开始制作那小小的我根本无法完成的十几个人的饭菜。然后，饮牛，这个相对轻松的活，就自然而然地落到了我身上。

我总是很害怕，我总是还没有出门，心里眼里就只有那个从远处看，在暗暗阴阴的黑夜里那么显眼的四四方方的白凄凄的房子了。

巧不巧的，我还听到一种传说，说牛的眼睛是能够看见某些东西的，而当它们看到的时候，它们会眼睛里放出红火来，继而会疯跑起来。

所以，小小的瘦弱的我，一旦赶牛出门上路的时候，心里也就开始在不停地打鼓，与此同时，我的心和眼，也在更加细心地注意着牛的动向。如果它们只是正常地行走，我就还过得去。可是，一旦它们突然跑起来，那时候的我，用受惊来形容远远是不够的。

尤其是秋冬，天黑得早，阴冷的风，早就开始呼号，它们切断山崖，它们揉碎树叶，它们和冷空气一起，以不可抵挡之势摧毁一切居于它们途中之物，而风，因为性质的流变和形体的柔软，而无处不往无处不至。在这样的天气里，那座在晴日里甚至都白得发惨的白房子就陡然地增加了十二分的白亮。

所以，我渴望快去快回。

我渴望赶紧和我的牛们一起，尽快，但是不能奔跑地到达那眼泉水边，让它们尽快地喝饱了清冽的泉水，然后，同样是尽快但是不能奔跑地折返回家，离开眼睛能看到那间白房子的夜晚的山野。

有谁能够真正了解我的恐惧呢？有谁能够真正了解我的渴望呢？真的，有谁能够真正了解我想从那刀剑丛立的幽深中解脱出来进入温暖与安全之中的渴望呢？

我渴望看到月亮照在村庄上，照在我的村庄上。这样，我就可以摆脱那间白房子带给我的幽深的恐惧，而回到我的村庄，回到我的家里了。这回到，恰如从地狱到了天堂。

是的，只要我和我的牛们一起，越过沟沟坎坎，爬过坑坑洼洼，行走至道路稍宽敞平稳处的时候，我就是走出了能看到那间白房子的荒山野岭了。这样，就意味着我触摸到安全了。这样，就意味着我接近了暖，我靠近了人，就意味着我能够回到那能令我安心而幸福的地方，而终于魂归村庄和家园了。

在经过颤抖的疾走和艰难的跋涉以后，我终于能够远远地看到我的村庄了，我的牛也是。

这个时候，我的心里，我的身体里，就慢慢地开始滋生出安全和欢喜的感觉了。

是啊，是月光，是月光如同一滴巨大的消融了的洁白的羊脂，抑或烛泪，在不为人所知的一个什么美妙时刻里，从高空温柔地坠落，坠落在这星星点点散落着很多房屋、树木、牛羊和人的村庄上，从而形成村庄这样一颗灵性璀璨的琥珀。

在那一刻，万物，都如同我一样，卸下自卫的刀剑了，丢掉恐惧的蒺藜了。风的脚步轻巧，往南吹的风和往北吹的风在道路上空无声地欢喜着这意外的重逢，它们拥抱，它们私语，空气软暖得像一件硕大的暖色调风衣，充盈着天地，也包裹着天地。这新鲜而年轻的夜晚，露珠在酝酿着一个新的开始，嫩玉米的胡须和粉牵牛的茎蔓相互交缠，鸟巢在树杈间矗立出小小的尊严，一切的活着，都禅定成了一个稳定的常数。月亮照在村庄上，此时此刻，月亮与村庄一起构成了也搭建起了一个温暖的巢穴，接纳也包容万物共同的生命，人间洁白，人间清澈，还有我。

月亮照在村庄上，此时此刻，一切的意义，都小于月亮了，一切的意义，也都小于村庄了，幼小的心灵不知道寂寞，枯了树叶也并不知道它已经枯了，已经休憩的蜜蜂，也不知道自己的一生是如何短暂，河流在山脉的下面，乌云藏起了铁青的面容，蚂蚁知道它天生并不妖艳，正在盛开的花儿也不用再假装它是在兴致勃勃地开着，而人们，或睡或醒的人们，也不用去思考，人的一生根本就只是向时间租借而来的。

月亮照在村庄上，一切都是那么谦卑，一切都是那么和顺，一切都是那么纯洁，一切又都是那么简单。倘若，此情此景——月亮照在村庄上，它是一个人间故事，那这个故事，它，完全不叠沓，绝对不冗长，它是那么清丽，那么俊俏，那么的甜而不腻、温而不饱。

而那一刻，我也小于我，我被这一刻深深地感动了。月亮照在村庄上，这幅既营造着尘世的模样而又仿佛仙境的情景，使得我完全而彻底地忘记了那方才还如同长在我身上的幽深，而与这月亮和村庄融为一体。

这是一种多么难得的人间礼遇啊，我不是我，我是月亮的一部分，我是村庄的一部分，我是这天与地的一部分了。被深深感动了的我，已经不是我了，而也成为和月亮，和村庄，和大地，和山脉，和鸟巢，和枯叶，以及和一粒玉米、一株麦子一样的这尘世与仙境的一分子了。

月亮照在村庄上，向高处看，月亮像极了一面刚刚打磨出来的大圆镜子，被温水洗过，多情而和暖，宁静而虚韬。如果说树木是天地间的散文拾萃的话，而朗照在村庄上空的月亮，则像极了诗，一首亘古未变、久唱不衰的朦胧诗，表达初心，倾诉相思，也显露一举手一回眸之间眉眼的俏丽和包容示好的勇气，是细节的别致，也是结构的宏伟。

啊，真是蜜甜的光芒，月亮照在村庄上，它如汗珠般滚圆，它如贞女般端庄。它毫无疑问拯救了我，它的的确确暖和了我。月亮照在村庄上，此时此刻，我不去想明天，我不用再回头，我也不用带着兴奋，兴奋太浓烈。当我终于远离蛮荒，我只静静地，安然地，用这月光暖身子，也暖心窝，我只浅笑地，敬畏而温顺地用这村庄做衣裳。

月亮照在村庄上，我突然想起我的母亲，她一年四季都在忙碌，她可比我辛苦多了啊，而她却都没有“一瞬”那样短长的可以多出来的时间伸伸懒腰啊。我猛然间觉得，我的母亲，她，就是我的月亮，她，就是我的月亮照在我的村庄上。她孜孜不倦，她兢兢业业，她的大半生都是如此啊，都是如此地以汗水，以心血，以仿佛消耗不尽的坚守和毅力，隐忍和包容，就那样从高处，在光明微茫处，暖暖而柔柔地照着，并照亮了我的整个人生啊！

年幼如同沉睡，我是一个十一二岁的小女孩啊，生命之于我，还是来年的春天。而那春天来临之前呢？总也有一些还未开悟的生涩与倔强，并许多无知和荒蛮。还有举世众多的成年人，他们的艰难和疲惫，痛楚和无奈。说点什么吧，融化逐渐坚硬的心肠和表情，用什么工具都可以，语言或者文字，这样的良言仁心，胜过远处黑魆魆的高山，或者，什么也不用说，只让月亮照在村庄上，或者，什么都不用做，只看月亮照在村庄上，这如同尘世而又仿佛仙境的情景，如画，如诗，又如禅，在静谧与安和中，充满了生命成熟期的开阔和豁达，而又真的年轻。月亮照在村庄上，这照亮，这熏染，这启悟，这陪伴，是最能够擦拭人的愚钝和疲惫的啊，是最能够开启人的天性，天性向善又向美，是啊。

不用去认清开始，不用去追问结尾，就只这样安静而明朗地活着吧，村庄里的人们，世世代代都是这样活着，都是以这样看似蒙昧却其实最是大智大慧地活着。古先哲们有所谓“静极生慧”不是吗？而“慧”者，不是能够急就的章法，不是临时可抱就的佛脚，而是曲折的思绪，辽远的路径，虚韬的谋略，和补缀之间的情势少多，一切，都是在无声无息里，向古远通透处悉心觅就的巧妙和因缘，是温柔的和合，是只能如此的，最恰到好处的适宜，一切的一切，都刚刚好，恰如，这月亮照在村庄上。

白雪不苍凉，只是祥瑞的希望，红肚兜，新衣裳，青麦穗，苦杏儿潮黄，还有新开的犁杖，还有待嫁的新娘，生活之于农人，仿佛永远朝着这正向的能量。青春椭圆，花朵明亮，带刺的仙人掌和桃花一起盛放，尽管脸上不小心黏上了一挂蛛网，村庄里的人们，和着汗珠，把其实贫穷的日子过得红红火火、亮亮堂堂。不用去追溯始因，不用去问晓结局，村庄里的人们，都只这样安静明朗地活着，恰恰如，如同这月亮照在村庄上。

不远处传来两三声咳嗽，那是从蛋蛋大爹的胸腔里发出的声响。啊，终于，终于，我离我的村庄越来越近了。我的牛也是，它们和我一起，和我一起沐浴在村庄上空月光柔和的波纹里，天地和睦，人畜庄严，月亮照在村庄上。

我终于回到了村庄里，回到了母亲的庭院，我看见了清晰的灯火和在灯火下依旧忙于饭食的母亲慈祥的面容。我终于回到了村庄里，回到了父亲的马厩旁，我听见了那被我们豢养了并不很久的枣红色马从它那一双棕色的硕大鼻孔里发出跌宕的颤音，那颤音，是带着青草味儿的吧。我看见父亲从厂子里忙完也回来了，他在给马添草，他的身影消瘦，可是，他的身影高大，在清晰得不能再清晰的灯火下，在清晰得不能再清晰的孩童的眼眸里，他的身影辉煌而明亮，哦，我的清苦而伟岸的父亲，恰如月亮照在村庄上。

很多年以后，也只是在很多年以后，我才更深地体会到了母亲身上的那种疲惫和隐忍、勇气和力量，与父亲身上的那种辉煌而明亮的灯火一起，仿佛日月同耀，成为天下儿女一生之中引领并启迪他们走向正确道路的最亮的灯火。这辉煌和明亮，恰如月亮照在村庄上，使得村庄没有惊恐，使得人间安定，使得人有乳养而马有草吃。

后来，后来，再后来……

再后来，我的足迹遍布异乡，我的疲惫也遍布异乡，多少艰辛，多少心酸，也有喜悦，也有辉煌。然而，任步行街的灯火如何璀璨，苍山洱海的清波如何激荡，而金顶峨眉的云雾是如何仙气飘飘，我总也忘不了儿时，儿时那夜晚，那我独自饮牛折返回来的路上，是夜晚，是天将黑未黑，是天将亮不亮时，所看见的那是尘世也是仙境的最美画景——月光照在村庄上。

月亮照在村庄上，仿佛原谅，仿佛抚慰，仿佛慈悲，又仿佛重生。在经历了几十年人生岁月的洗礼之后，在体味了无数种无法言说的情感之后，在看尽了世间的冷暖之后，也在经历了比当年的夜晚饮牛更甚的事后，最终，我这已经人到了中年的心房，深深地看清了，看清了生与死之间，其实是相通的。

许是读了一些圣哲们的典籍和事迹，比如，苏格拉底的门生问他："老师，师母这样聒噪，整日整夜地骂人，你怎么能够忍受？"苏格拉底答道："我听不见骂人的声音。我听见的，是风声、树声，还有流水的声音。"我想，水声流淌在苏格拉底的心上，恰如月光照在村庄上。

也许，真的是我，在时间的细密处，在事件的褶皱处，以及在生计的忙碌处，看清了人性与生活的真相以后，明白了许多，也开悟了许多。可怜人，他们也只不过是提前或者按部就班地完成了他们在这人世间的道路和使命而已，和我们每一个活着的还在呼吸的人一样，带着泪，带着疲惫和无奈，也说不定，还带着些许觉得是解脱了的轻松和释然吧。他们，终于在长长地舒了一口气之后，走向了下一次物质抑或精神的因果轮回之路而已。就像月亮照在村庄上的时候，而村庄其实也在照着月亮，它们互为明灭，又彼此照亮。

总之，当我突然悟透了这一切的时候，我不再对人生感到恐惧了，也一同不再对当年饮牛时所看到的那间白房子感到恐惧了。我觉得，不管是那些在月光下已然逝去的人们，还是在它周围的村庄里依然存活着的人们，我们都应该感谢它，这间白房子。这间矗立在天空之下大地之上的，独立而平静的白房子。它，像个烽火驿站，也像个勇士，在以一己之身的单薄，和广博含蓄的胸怀，接纳着也承载着人们的，从生到死的路，一直到达它所能够接纳和承载的尽头。

我有时候禁不住会想，倘若那时候的，还是个十一二岁去饮牛的小姑娘的我，是今日已然成年历经沧桑的我，那么，当我静静地望着这月光照在村庄上的时候，当我的牛儿们在喝水的间隙打着空响的鼻息的时候，我会不会只是平静地看着那间在月光下白而净的小白房子，吟哦出早逝的诗人的诗句：

要开做一支白色的花——

因为我要这样宣告

我们无罪

然后我们凋谢。

我敬畏这些村庄

一

我敬畏这些村庄。

尤其是在深冬，积雪欲藏山，凝空作暮寒，当千千万万片玉尘以其雍雍之态而皑皑之势，漫天漫地覆盖了整个人间的时候，皇天之下，后土之上的这些村庄，它们就犹如笳鼓喧喧的营地，又如保家卫国的将士一般庄严神圣而又静默肃穆地以它们坚持的姿态和勇敢的心，捍卫着人间腾挪起伏的烟火和喜乐，演绎着世代相传的故事和传奇。消长在这里，盛衰在这里，爱恨在这里，滞化在这里，断续在这里，承继在这里，轮回在这里，生死，也在这里。

我敬畏这些依托着先祖们古老的姓氏和炽热的血液而建立起来的村庄。这些村庄，是全人类一次又一次集体地、庄重地寻找归宿和根源的大规模行动的战果。它们在这里，它们在那里，它们在高山之巅，它们在溪水之畔，它们在麦地中央，它们在稻田之侧，它们无处不在而无所不能。

人走到哪里，村庄就出生在哪里。

一个村庄，就是一个母亲。

人生可以没有目的，但是，人生不会没有来处。

无数个深秋抑或初冬，我总是心存敬畏，心存敬畏地凝视着离我最近的某一个村庄，比如隶属于我生长了十几年的马关的某一个村庄。

这一中有万，万如其一的极具代表性的某一个村庄，它山峦迭起，它沟壑纵横，它逶迤曲折，它坦荡如云，它清新如孩童，沧桑如老妪，而故旧如邻翁。我敬畏这些村庄，因为在这些新鲜而苍老的村庄里，静藏着永不消逝的明烈焰火和万物生息的神奇密码。

那些被秋气判决了命运的粮食，养活了无数的父母和孩童，也养活了无数的飞鸟和蝉虫。夜晚，这些被养活了的生灵，所有的生灵，它们都会一起回到村庄，或者潜伏在村庄之畔，而构成村庄完整的一部分。

我敬畏这些村庄，那些在丰收之后，林立在场院之上、青空之下的玉米秆和洋芋蔓，它们安然地矗立在夜晚的村庄里，静默不语。待到行膳，它们将那蓄藏已久的星火从自己的体内抽取出来，献给灶膛，献给食物，也献给世人，来完成它们曾经作为粮食的最后一程使命，帮助人们行进在繁衍生息的道路之上。

还有房屋和树木，它们坚定地矗立在时刻准备着分娩的土地上。“寸积篝炉炭，铢称布被绵”吗？也是，也不是。如今，国运昌盛，百姓富裕起来了，炭火堆在房屋的墙角处，怀拥着棉布缝就的被子，炉火燃烧起来，壶里的水“咕咕”地叫着，于是，村庄就亮了，于是，村庄就暖了，于是，村庄就活了，于是，春也不寒寒了，夏也不炎炎了，秋也不凉凉了，冬，也就不瑟瑟了，而树木，每棵树木，都不需要做任何的事情，只要看着这人间的红红火火，静待下一个春天便好。

霜轻未杀萋萋草，日暖初干漠漠沙。我敬畏这些村庄，那些在经历了一整天辛苦的疲劳的乡亲们，也偶尔会像个读书人一样，一个人躲在西厢房里，看着灯火摇曳，听着朔风过耳，眼中闪烁着岁月流逝的光芒，青春如火，引诱着所有的人，都想穿过年龄这道柴门，再回到母亲的怀抱里去，抑或能再有一次机会，专注而细致地镜中照，照看那因为懵懂而胡乱打发和挥霍殆尽了的曾经却是美艳如花的好容颜。

还有猫狗，还有牛马，它们本就随性，一到夜晚，便更加地舒展起性情和手脚来，当它们眯着眼睛看你，当它们尽张着嘴巴打呵欠，抑或玩耍的时候，它们的模样，便成为人类好运的一部分。

二

皇帝向山涛打听阮籍为何不出来做官，山涛说：“他前生是只蓝孔雀，他喜欢干净。”我想，喜欢干净的阮籍，也必然是喜欢这些村庄的吧，因为村庄洁净。他曾有言“谁言万事艰，逍遥可终生”。我想这样快意洒脱的人生，在高山之巅，在大海之滨，也必然在村庄吧。

我敬畏这些村庄，我们的先祖们是何其聪慧啊，他们早就洞察出人类和村庄之间永远无法割断的复杂纠葛，我们的姓氏来自这里，我们的血液来自这里，我们的生命来自这里，我们的婚约来自这里，我们的烟火来自这里，我们的面容来自这里，我们的食物来自这里，我们的气息来自这里，我们的骨头和脊梁，也一并来自这里，还有那些虚诞而真实的故事，飘逸而雅致的传说。

人们常说，机器时代制造出来的东西是没有灵魂的，比如房屋，比如衣裳，比如毛笔，比如面，而一个村庄，就是一双温热的手，就是一个充满了精气神的，一个充满了原始工匠精神的，一个充满了活力和生命的性灵之所在。

我敬畏这些村庄，因为这些村庄里有不去妆饰容颜的母亲，因为这些村庄里有汗流浃背的父亲，村庄里有手摇车，村庄边有泥土和田野，村庄里有布衣和布鞋，村庄边有农人们在夜晚的煤油灯下精心编扎起来的，一个一个的稻草人。

我敬畏这些村庄，在村庄里，最早的房屋，是用胡墼垒起来的，胡墼是土质，纯手工的，这样的土质的纯手工的材料垒筑起来的房屋，冬暖夏凉，矗立百年而不崩塌。

我敬畏这些村庄，一个村庄就是一个巨大的充满着气场的生命之源，真气弥漫，而万物生息。那生长在人们的房屋周围的由农人们用他们粗粝的双手栽种的蔬果，抑或直立抑或蔓生在地埂上的山珍，西边的柏拉图、亚里士多德去采摘了，东边的释迦牟尼、老子去采摘了，接着，孔子也去了，屈原也去了。

这个村庄，可以是马关的一个村庄，也可以是穰城的梁庄，也可以是康德的柯尼斯堡。我敬畏这些村庄，我敬畏这些遍布在我眼前的，容身在祖国苍茫的大地上沟沟壑壑里的无处不在的村庄，以及遍布于世界各地的、样貌迥异而精魂却都钟灵毓秀的村庄。

“两只黄鹂鸣翠柳”，当这两只，只一纵身，便早已迅疾而优雅地飞过烟柳之幕的黄鹂，在中国文学史上留下这一句不朽的诗句的时候，它们的生命，早已湮没在或许真的存在着的六道轮回的死而又生、生而又死的宇宙大循环之中。

后来，它们，又变身成了什么呢？它们所变成的，有可能是屋前道旁那株在春天里冒出无数个花骨朵儿的榆钱树，雨滴们欢喜地聚在枝头；它们也有可能变成了堂前檐下那一双轻灵的燕子，兆示着祥和，也意味着恩爱；也或许它们会变成一对情侣吧，这一对情侣，在春日的花骨朵儿还未曾尽绽的光阴的明丽里，采摘一大束狗尾巴草，双双飞奔在阡陌纵横里，抑或在村庄的某一个土阶前对视怀笑，羞涩痴迷，眼波流转而情思织缠。

我敬畏这些村庄，这些美好的、神奇的，抑或庸常的事情，都只存在于村庄里。在这样的发生着这些神奇抑或庸常事情的村庄里，花儿睡醒了长夜，鸟儿叫醒了天空，一场又一场春雨，细碎而飘逸地落洒在那质朴的泥土之上，还有孩童，还有青草，还有伏藏在草叶下弹跳的小虫们，它们无一不与村庄在亲昵和玩耍。

三

我敬畏这些村庄。

那些远走他乡的人们，在心灵的最柔软、最深邃处是不及草木的，这些生长在村庄里场院内的、侧畔的、道旁的，抑或环绕丛生在村庄周围的卑微的生命，狗尾巴草、芨芨草、车前子、婆婆纳……它们在细腻的感觉上，是欢悦而满足的，因为它们没有离开自己的母亲，因为它们没有离开自己的儿女，正因为如此，它们也就还保持着最本真最安宁的自己。

而生而为人的游子们呢？不管人在江湖的他们，是终日里玉粒金莼，还是清汤寡水，他们的内心里永远都是充斥着渴望和思念的。情绪也好，感情也罢，当它们的基调不是欢喜，不是轻快，不是昂扬，便毫无疑问地只剩下忧愁与忧郁了。是啊，这一丝丝一缕缕悠远绵长得如蚕丝一般的乡愁，是一个一个又一个游子怎么也无法解开的心结，是一场一场又一场永远也无法治愈的慢性心病。

除非，他们再一次回到那生他养他的、灰头土脸的村庄。这灰头里有热炕，这土脸里有山花；这灰头里有童年，这土脸里有亲恩。这灰土里有安心。

心安是归处啊，心安是归处。不管我们走开了多远、多久，当我们的灵魂行将找寻那来时的途路，我们无一例外满心所渴望和思念着的，必然是这些我所敬畏的村庄。我敬畏这些村庄，这些质朴得和布衣布鞋一样的，灰头土脸的村庄。

一个叫董永的男子，带着他的孩童在蒹葭苍苍的同心河岸边玩耍，他的孩童在扒拉泥土的时候，却扒拉出来一条周身绯红的小蚯蚓，看着那软软的身体，这董氏的孩童忙将指头缩了回来。

“爹爹，它有没有牙齿，它会咬人吗？”

“爹爹，它有娘亲吗？”

“爹爹，它为什么会住在土里？土里就是它的家吗？”

这孩童连连发问。

年轻的董永蹲下来告诉自己的孩儿：“蚯蚓和人一样，是有自己的娘亲的，泥土就是它们的家。”

我不知道这稚嫩的孩童听懂没有，唯有泥土和娘亲，才能滋生出生命，而在村庄里，在遍布这个伟大星球表面的无数个细细碎碎却也光芒熠熠的村庄里，无一例外，都存在这泥土，也都存在这娘亲，无数的泥土，和无数的娘亲。

我敬畏这些村庄，我很荣幸，在我的有生之年，我得到了这样一个机会，也修炼了这样一颗心，能够得以懂得了村庄隆重的要义以及它们生命的伟大和厚重之所在。

四

我敬畏这些村庄，这些虽然从物理上向下的，低矮在我的脚下的、貌似是我在鸟瞰着它们的村庄，我其实是无比虔诚而臣服地仰视着它们。

葡萄藤儿长叶了，这浑身长满了长须的家伙，像淘气的猴儿，顺着屋檐只管爬，毫不犹疑也无所畏惧。它们知不知道呢？生命，往往是因为无所畏惧而所向披靡。

我敬畏这些村庄，在这些村庄里，一年四季手上都沾满了泥土的乡亲们知不知道呢？这蓝黑色的葡萄，它其实有着一个非常好听的名字——“摩尔多瓦葡萄”。这淘气的植物是从遥远的外国罗马尼亚引入的。

罗马尼亚，具体在哪儿呢？管它呢？我只热爱我的村庄，我只热爱我的有着这可爱的挂满藤蔓的蓝黑色葡萄的村庄，以及三三两两挨着矗立在村庄里，农家的庭院。

“庭院深深深几许”，我敬畏这些村庄，这些遍布在中国，也遍布在国外，大地上的沟沟壑壑里的充满着古典的、原始的、宁静的、祥和的强大生命力的村庄。

我敬畏这些村庄，在这样的村庄里，怎么会没有动人的故事呢？

自《诗经》始，那美人贻我的彤管，它们在年年秋雨里落，在岁岁西风飒飒里摇，就如同士兵一样，齐刷刷地生长在这些令我敬畏的村庄里；《上山采蘼芜》之后，那个不幸的无法生育的妇人，便巧不巧在徐徐下山的脚步里逢了故夫；而《陌上桑》里那个楚楚动人的秦氏女罗敷，也生长在我所敬畏的这些村庄里。

我敬畏这些村庄，直至几千年后的今天，那千千万万的村庄里，依旧在发生着爱恨情仇，婚丧嫁娶的充满着悲欢离合的动人故事。

五

我敬畏这些村庄，这些由那明明春光里缓缓而来的村庄，待雪至，天地洁白，于是，它们便又以更加勇敢和坚持的姿态矗立在青空下了，这矗立里有担当，这姿态里有从容。

我早已记不清，是谁给我说“九九归一，九是皇家数字，是人间最大的数字”了，我只知道，我敬畏这些村庄，我敬畏这些一到秋去冬来时分便能从天空洋洋洒洒下无数朵洁白雪花的村庄。雪，那漫天漫地降临在人间的盛大的雪，不是一下子就降落下来的，一片雪，两片雪……及至第九片雪来时，全部的雪，就都到齐了人间吧。

我敬畏这些村庄，每当白雪降临的时候，我就想，天地和人心，一定会更加干净了吧，因为，这个时候，漂泊在外的人们，也都回到了故乡，回到了村庄里吧。面对着自己的来处和归处，人们的心，也必定全部都是真诚和欢喜了吧。我敬畏这些村庄，我尤其敬畏当白雪纷纷降临时候的这些人间的村庄。

我想，在一个人的一生当中，埋藏在其身体和心灵里的热情和焰火，会越来越少，而累积在其心里和头顶的白雪，一定会随着阅历渐深、年岁渐老，直至病痛和衰老将其生生逼近死亡而越来越重吧。

我敬畏这些村庄。沧海一粟啊，沧海一粟，我们的生命，只是一场单程的旅行，只有一个来，也只有一个去，没有谁的生命，会有始而无终。我们每一个人，都终将会像秋天的每一片或大或小的落叶一样化为尘土，也终将回到最初的村庄，抑或在怎么也回不去的时候，而远远地遥望着那个只属于自己的村庄。

六

我敬畏这些村庄。

冬天还没有来，我却早已预备齐整了上好的白茶，我要在第一场雪花纷纷降临的时候，带着它们，回到我的村庄里去。

我要和我的亲人们一起，在燃烧着红彤彤炉火的村庄房屋中围坐，以井水煮茶，叙话桑麻，风雅是妙玉的事，风雅是梁实秋的事，我只在意当房屋顶上，青空之下一缕缕炊烟袅袅升起时候的那份安宁，那份踏实，那份醇厚，那份灵魂的暖和热，它们，只有它们是真的只属于我，只属于我和我的亲人们的，也只属于我的亲爱的这些为我所敬畏的村庄的。

我敬畏这些村庄，就像我敬畏我的眼睛，敬畏我的心，和我的心对于这些村庄的怀念与热爱。

我深知，我们的村庄正在渐渐变空，也许终有一日，皇天之下、后土之上的我们的亲爱的村庄上空，再也无有炊烟升起。我想，那个时候，我的生命，也早已停止了在这人间的行走吧。

我敬畏这些村庄。生命是一场雪，一个村庄，也是一场雪，它们也有它们的如同人类一般的宿命，有谁的生命，是只会来了不去？

在这深秋的夜里，我多么孤单，和我一样孤单的，还有我那一日胜似一日，人去屋空的无数个村庄。

我敬畏这些村庄，只要闭上眼睛，在这宇宙的浩渺和时光的流转里，我仿佛听见是谁的母亲，就在那村庄里，探着身子，趴在矮墙的缺口处，对着晴空，脆生生喊了一声：“娃娃，吃饭了……”

我的遥远的后湾里

我想，要不是那无数朵几十年里一直莹亮在我记忆深处的有被裹裹、有盖亭亭的白蘑菇，和那春来时漫山遍野的充满着生命的力量和朝气的青绿的其叶裙裙的苜蓿芽，我大概早就忘记了那遥远的后湾里了。

总也是天还很黑，每家每户的长辈就已经舀好满满几大桶，铲好满满几担湿重的牛粪了，于是，每家每户的大人孩子都得起床，挑起与各自承受能力匹配的粪土从家里出发了，出发去往遥远的后湾里送粪。

那时候我还很小，总觉得后湾里实在太遥远了，怎么个遥远呢，单程，一个闲人，什么都不拿，要从村西台走到后湾里，需要一两个小时，全是上坡路，道路也并不宽敞，恰似一条拖沓疲惫的灰蛇一路匍匐蜿蜒，直伸到了山顶背后去了；怎么个遥远呢，单程，从瞌睡走到筋疲力尽日上三竿。

出了村西台，就没有人家了，天幕沉重，道路漆黑，坑坑洼洼，除非你挑着那一担湿重的牛粪流汗抖腿地终于走尽那灰蛇一样匍匐蜿蜒直伸到山顶背后去的陡坡路，方能到达后湾里，才能看到零零星星几户人家。遥远的后湾里所在的黄山，其实是个小组，隶属于马关乡西台村。

那时候农村读书的孩子，都畏惧周末，农民家孩子的周末，不是用来休闲的，而是用来和父母一起干活的，挑不完的粪土犁不完的地，割不完的麦子掰不完的玉米。而让我尤其畏惧的是，父亲一声令下说今天要去的地是后湾里，听到这句话，我会瞬间感觉喘不过气来。储肥和春种的时候，是不可能空着手闲去的，不是挑粪就是背种子化肥，那没有一点慢坡和平坦的漫长而冗重、陡峭的去往后湾里的道路是会耗尽我幼小的身体里的全部力气的。

和我一样的小孩都低着头挑着粪一言不发往前走，不说话。大家都低着头挑着粪一言不发往前走，不说话。一说话，憋在胸腔里的那股子气力就散弱了，就挑不起那满满当当一担湿重的牛粪了。

总也有人会先累得无法再往前走一步了，于是，父亲就说，大家就都缓缓，缓缓了再走，于是，所有的人都会在陡峭的道路两旁的田地里找一块相对平坦的地方，小心翼翼地把自己的重担放下去，然后从那沉重的担子下面钻出来弯曲了很久的身体，长长地舒口气，然后，或坐或站或原地走动地缓上那么一小会儿，缓的时间不敢长，越磨蹭天越热，人的力气越少，剩下的路就更难了。

我的父亲和母亲，从来都很乐观，从来都很励志，就连在这样大家往遥远的后湾里担粪累了歇缓的片刻里，他们也不忘给沉重而疲惫的劳苦点缀一点别样的美好，他们会给我们讲故事。母亲讲的，总也是那遥远的未知真假的毛人的故事，金镯子银镯子的故事，大门环小门环的故事，外公宁可饿死不吃种子的故事；父亲给我们讲的，是旧时荒年大家饿得不行了的时候吃榆树皮和斑斑土的故事，和他能连着跳级永远第一名，却没有机会继续读书的故事，和才几岁就跟着爷爷从村西台一路步行进马鹿山里割“竹竹儿”的故事。他们还会给我们唱戏唱歌，两个姐姐也会跟着唱戏唱歌。

我什么都不会，可是，他们的那短暂的片刻里的欢笑和娱乐，是那样有力而完全地驱除了我因为年幼很快会累，稚嫩的腰背被压弯，肩膀真的很疼很疼，腿真的很疼很疼，去往遥远的后湾里担粪的恐惧和疲惫，那时候，我才十二岁。

在父亲母亲和姐姐们的故事里、歌声里，好人永远会有好结局，坏人永远没有力量，每一个早晨都是新生的，所有的泥土都有绿叶陪伴，简陋的木门是不用锁的，别人家的孩子和自己家的一样被疼爱，阳光永远照耀着吃不完的白菜和胡萝卜，亲戚和邻居永远笑语盈盈，风吹不散树枝而只送来清凉，雨雪不会成为灾害而只昭示丰年。

就这样，借着这些累极了才可以歇缓的片刻，以及在这歇缓的片刻里，父亲母亲和姐姐们讲给我唱给我的故事和歌谣的力量，我才能以我十二岁稚嫩柔弱的肩膀把那满满一担湿重的牛粪从黄山脚下的村西台，从天还漆黑的时分，一路咬着牙摇摇摆摆坚持挑到那遥远的后湾里。

秋收的时候，在去往后湾里的陡峭的山路的时候，我们都不只是需要拿着自己的用来割麦子的镰刀，还要一并拉着或者推着笨重的木制架子车，从相对平坦的村西台一路喘息，山路十八弯地一直爬上去，在耗尽了大半个早上的时光后，终于爬上了遥远的后湾里。

弯下腰，或者蹲下来割麦，把麦子一捆一捆地捆好，再把那捆好的麦子一回一回地从那陡峭偏狭的地埂里辗转背送到仅仅放得下一辆架子车的平坦处，接着装车，然后，因为回来的路全部是下坡路，于是，在烈日和汗水里，所有家庭的男人们都用尽全部力气两臂下夹着坚硬高昂的车辕，整个身子与陡峭的地面呈六十度角，一步一步、一脚一脚地往下蹭。而在架子车上那高高摞起的巨型的麦捆后面站着的、用以压住车子尾部以保持架子车平衡的，往往是自家的老婆或者年幼的孩子。

于是，那被迫夹持在逼仄的架子车两辕之间的男人们，必须拼尽全力小心翼翼地，将整个身子与陡峭的地面呈六十度角，一步一步、一脚一脚地往下蹭。因为，此时此刻的他们，双臂间所持掌的，所承载的，已经不仅是那高高摞起捆好的一架子车麦子了，他所一同握持和承载的，还有自己的命运，以及那站立在车位刹圈儿上的妻子儿女的命运。而有时候，那为了生计，被夹持在逼仄的架子车两辕之间的，也可能是女人。

黄土飞扬，尘烟四起，黝黑得不能再黝黑的面孔，普通得不能再普通的人们，蒙尘的布鞋，高挽的裤子，赤红的膀臂，就这样接续和传承着辛勤劳作而来的成果。

这样的，就这样从遥远的黄山小组的后湾里用架子车往村西台的碾麦场拉麦子的场景，在其后几十年漫长的岁月里，每当我回忆往事，这一幕，这一幕每家每户的男人们顶着烈日满头大汗的，腿上青筋暴露的，用尽了全身的力气冒着随时可能翻车而把自己和妻儿一起翻压在车辕底下的危险的，从那遥远的后湾里往山下平坦的村西台的碾麦场里拉麦的情形，成为我心灵上，甚至这一生都无法抹去的浓重。

冬天的时候，土地结冰，就极少送粪了，但是，得去放羊，近处没法放，也还是要去遥远的后湾里，因为那里远离人群，地广人稀，干枯的植物和掉落的树叶总也会多一些。去的时候，天也总还是没有大亮，嶙峋的、生硬冷峻的脊背一样连绵起伏的山脊；一眼望不到边的道路两旁的大山的褶皱，群树静默；那还没有被及时背回家的成垛成垛立在冰冻土地上的、神情傲然的玉米秆，在寒风的呼啸里沙沙作响，地面上的霜花在月下闪烁。

“在那遥远的地方，有位好姑娘，人们走过了她的帐房，都要回头留恋地张望。她那粉红的笑脸，好像红太阳，她那美丽动人的眼睛，好像晚上明媚的月亮。我愿抛弃了财产，跟她去放羊，每天看着她动人的眼睛和那美丽金边的衣裳。我愿做一只小羊，坐在她身旁，我愿她拿着细细的皮鞭，不断轻轻打在我身上。我愿她拿着细细的皮鞭，不断轻轻打在我身上”。

风中一首歌，寒寒其声瑟。乌夜染白羊，人影如烛火。我想我就是在那时候学会独自歌唱的，为了壮胆，为了御寒，为了忘记孤独和艰涩，而在那如同我一样清贫的，缥缈而空幻的牧羊姑娘红扑扑的脸蛋上和美丽动人的眼睛中，找寻一点点，一点点的真正来自青春的生命和力量，好让自己能够在不知不觉中，穿过和告别那漫长而幽深的道路，而最后终于和咩咩叫着的羊群一起爬上了那遥远的后湾里。

后湾里虽远，春天的时候，却生长着全部村西台最多的苜蓿芽；后湾里虽陡，入夏的时候，却能在雨后生长出无数朵莹亮的有被裹裹、有盖亭亭的白蘑菇。掐苜蓿的时候，采蘑菇的时候，那是我们终于能够将肩上的担子丢开而在田野间奔跑收获的好时候。那时那刻，就连我们洒在空气中的歌声，都能发出脆亮的笑声，还有那跳跃在草丛和苜蓿丛中的蝈蝈，也都扯开了架势，和我们一起跳跃、歌唱。

没有专门的精美的工具，无非是那浸透了汗水的衣裳和草帽，自然、无法推卸责任地成为我们盛放苜蓿芽和白蘑菇的工具。父亲和母亲顾不上这些轻松的，能让人愉快地飞跃起来的好事，他们要赶紧顶着即将要毒辣起来的日头把牛粪压埋好，以免跑劲儿。

小小的我，那时候永远不会知道，恰恰是这些，是这些无数朵几十年里一直莹亮在我记忆深处的有被裹裹、有盖亭亭的白蘑菇，和那春来时漫山遍野的充满着生命力量和朝气的青绿的苜蓿芽，以及是这些，在我们大家咬着牙憋着劲儿两股战战地挑着满满当当的牛粪送往遥远的后湾里路上的歇缓片刻里听取的这些，来自坚强的父亲、柔韧的母亲和乐观的姐姐们的故事和歌声，成为我用以对抗将来几十年漫长的人生道路上的灰暗和风雪的厚重的铠甲和有力的武器。

恰恰是它们，以星星点点零零碎碎的状态存在，却毫无疑问地铸就了我笔直的人生观和良好的价值观，以及，它们教会我，无论脚下的道路有多么陡峭、崎岖，都不要忘了歇缓，都不要忘了在可以歇缓的片刻时分里，找寻一点，传递一点或者生出一点让“活着”这件艰辛的事能够继续下去的乐趣和美好。

我想，要不是那无数朵几十年里一直莹亮在我记忆深处的有裹被被的、有盖亭亭的白蘑菇，和那春来时漫山遍野的充满着生命的力量和朝气的青绿的苜蓿芽，我大概早就忘记了那遥远的后湾里了。我是想忘记艰辛的，然而那些美好得如同白蘑菇和绿苜蓿一样，清新美好、欣欣向荣的人和事，却令我沉迷，令我流连忘返。

正是这些在去往遥远的后湾里的路上发生和存在着的、明艳而动人的人和事，是它们，恰如高山上的鲜花一样的，恰如深海中的船只一样的，鼓励着我，也支撑着、救赎着我，在苦乐参半的人生道路上，在幽深坚硬的磨砺中，能够跨过人生一个又一个的坎儿，走过一个又一个风霜雨雪的年头，而方能把岁月坚持到了今天。

哦，我的那生长着无数白蘑菇和绿苜蓿的，响起着无数正义故事和甜美歌声的，遥远的后湾里！

站耱之秋

此生对秋最深的记忆，莫过于十几岁时候早起，跟着父亲去种麦子。

天总也是还半乌着脸，只山脊与天际要接未接处，洇出一点暗白的天光来。母亲就喊起床，而当我终于在母亲呼唤了好多回之后揉着依旧瞌睡的眼睛半倒踉跄地走到院中的时候，四五点钟起来的父亲，早已准备好了一切：牛喂饱了饮水了，犁、耱、铁锹、镢头、麦种、用来撒麦种的麦斗或者盆子，以及化肥和赶牛的鞭子。

家里地远，又面积大，因此，总也会有叔叔抑或请来雇来的人，和父亲一道背负起犁地的牛所能背负的重量之外的物什。而我呢？母亲总会把最少最轻的东西，很小心地放在我幼小的肩膀上，叮嘱我走慢点。

一走出门，清秋的况味就比院中愈发凛冽起来，近初冬一样，我不禁打了一个寒战，乌黑看不见道路，未走出村庄时两边人家的土墙，每隔一段路就会出现的树木，高远的天空，以及不期然从谁家的牛圈里传出来的一声“哞——”，尤其是月亮，全都散发着清冽而冷峻的寒气。

父亲和叔叔们走得很快，因天还未亮，胆小的我，每每就跟着跑起来。

到了地里，父亲和叔叔们交换着犁地，不扶犁的，便用镢头挖出旺生于田间地埂，尤其是地边上的icon草，而我，在麦种撒进土里之前，其实是并没有什么用处的。

父亲就说：“娃，帮着把icon草拾一下，不然刚跑热着哩，站着就感冒了。或者，不拾也能成，你瞌睡不狗儿？”

我就走到挖icon草的人跟前，弯下腰开始捡拾他们挖出来的icon草。

于是，那方才还浑大而高远的来自道路、建筑物和树木的清冽的秋的况味，就非常细致而准确地被我的指尖感知了，那种混合着icon草的香味的，泥土的香味的，露水的香味的，以及混合着正当犁地的牛从身边走过去时身上所散发出来的牛毛的、牛粪的，和随着牛的喘息、流汗而来的牛身上的黏液的味道，就一起随着清冽的秋的况味而钻入了鼻孔，钻进的眼睛，钻进了肺腑。

等地全部犁完了，麦种也撒进了松软的土地里的时候，就该用到我了。彼时，天空渐渐就出现了明亮的色彩，清冽的、湿重的、黛青色的秋天，渐渐走向了白皙。

父亲就说：“来，我娃轻，来站耱，牛不累，还能把地耱平整。”

于是，我就轻巧地站在了父亲从龙山买来的木条编就的耱上了，左手牵着左边那头高大的黄牛的干枯的尾巴，右手拿着鞭子。

父亲或者哪个叔叔，看我站好看以后，就开始牵着牛一圈一圈地耱地了。

站在木耱上的我的眼睛并不会一直看着前方，我会时不时朝后望，原本是疙疙瘩瘩的大小不等的黄土块，在如轻舟般掠过的木耱的抚摸下，变成松软的黄土的波纹。这波纹，弯曲、规则，充斥着来自土地和粮食的温情，这温情随着木耱转过的圈儿越来越大，也便越来越大。

有时候，我会假装像个大人，或者一个已然顶事的农夫一样，突然清脆地吆喝一声牛，抑或高举起鞭子，用力地在空中甩一下鞭子，随着鞭子与空气摩擦而发出那一声脆响，那清秋凛冽的寒气就越发稀薄了。

每每不到十点，好几亩麦子就已经非常齐整而壮观地播种好了，父亲和叔叔们就同牛一起，分散开来背负着来地里时背负的犁、耱、铁锹、镢头、用来撒麦种的麦斗或者盆子，赶着已然汗流浃背的牛，回家了。

走在最后的我，心里觉得轻松、满足，回头看看越来越远的，已然种好的麦地，又抬头望一望飘着棉絮一样的白云的天空，觉得做个有地可以耕种的农民，可真好。

精神上的父亲

有一件事情，我永远忘不了。

那是一九九七年的夏天，中师落榜的我心里难受极了，一路踌躇之后终于到了家门口，可是，我却站在门槛外的角落里不敢进去。

我知道我的慈爱的母亲不会责备我，我也知道我的仁厚的父亲不会责备我，我是害怕他们的叹息。

可是，父亲还是走过来了，背上背着背斗要去给牛添草的父亲，就那样走过来了。

我一句话没说，眼泪“吧嗒吧嗒”直往下掉，我低垂着头颅，无法与父亲对视。

已经知道了是怎么回事的父亲却故意大声地笑着，大声笑着的父亲，用他没有扶背斗的那只手，摸了摸我的头顶，摸完之后，就把瘦小的我揽在了怀里，对我说：“我当多大的事呢，惹得我的娃哭鼻子，没考上就没考上，哭啥吗，老天爷让我的娃没考上中师的意思就是和我一样认为，我的娃是上大学的好材料。赶紧不哭了，开学了，咱上高中，将来考大学。”

在那一瞬间，我悔恨那些我从小学三年级就近视看不到黑板上的字迹却不敢说的胆怯，我悔恨我那天生的对于父母“并无用处”的心疼和体谅，不敢朝父亲要钱买一副眼镜，我悔恨那些我明知自己近视又没有眼镜却又因为个子太高而不敢提出请求说要坐到前面去的要强，我悔恨那些因为看不清黑板上的字却又不敢请求坐到前面去从而“自暴自弃”只整日里沉浸在没完没了的金庸、琼瑶和画本故事里的放纵和逍遥……

无缘中师是生活给年轻的我的惩罚，而这惩罚最终却沉重地落在了我本已十分辛苦的父亲母亲的眉间、心上，于是我设想，假如我能够顺利考上中师，那么，我的永远不会放弃让我念书的父亲母亲，就再也不用继续沉重地供我走那从高一到大四的漫长之路，家里上学的孩子太多。

可是，明知是这样，我的父亲母亲，都没有责备我，哪怕一个字、一个眼神，责怪我没有好好学习。

我无比清晰地记得，也是那一年秋季开学的那一天，倾盆大雨漫天漫地，微醺的父亲，从母亲陪嫁的红木金漆雕龙团凤的箱子里，抖着手，分了好几次翻动、找寻，而终于给我凑够了就在那一年猛然涨到了一学年一百九十五块钱的高一年级的新生费用。

我没有打伞，巴掌大的雨不停地拍打在我的脸上，我不用分清楚哪些是雨水，哪些是泪水，都是咸的，都是冷的，都是疼的。我就那样身上也疼，心上也疼地走在一九九七这个年份的初秋的倾盆大雨里。

然而，我万万没想到的是，更疼的还在后边。就在我走到哈家坝的时候，就在那如注的大雨里，我看到了那辆旧得不能再旧、破得不能再破的自行车。雨水把破旧的自行车冲洗得干净，黑白油漆斑驳，雨水也把吃力地推着自行车在风雨里前行的她，拍打得比我还要狼狈不堪，乌黑的发丝，一绺一绺凌乱地贴在她白皙的脸上。

看到前面有个人，她抹了一把脸上的雨水，就看清楚了是我。而我，也看清楚了是她——一位我所最钦佩的女同学，毫无疑问，在我们那个年级里，她是最优秀的女学生。

在风雨中，我说，你已经报名了吗？我知道她也是和我一样，只差了一点点没考上中师。可是，她说，她念不成书了，家里本来宽裕，可是父母迫于哥嫂的压力，不供她了。路太远，于是，她就自己努力，在每天早早起来干完家务以后，有集没集都从村子里骑几十里山路的自行车，去龙山卖韭菜卖洗衣粉赚钱，她要自己供自己念书。

我说，那你赚够了吗？她说她赚够了，可是，家里还是不让她念书了，自己赚够了也不行，婚与工，都是立刻的利益……

我们只好各自流着被那风雨拍打得不知所踪的泪水擦肩而

过，各自前行。年幼的我，当时还不知晓，那竟也是人生最大的一个岔路口。

很多年后，当我惊觉这一点，我背上汗涔涔，我心中暖融融，是我的父亲，用他的明智和汗水，远见和辛劳，让他的孩子们，踏上了一条阳光普照的，不那么难的，不需要自己一个人以弱小稚嫩就要去面对的生活的远劳。

我的瘦弱的父亲，他和我的坚韧的母亲一起，一直陪伴着我们，捧着我们，鼓励着我们，将养着我们，用他们瘦弱的身躯和血汗，几十年如一日，未改初衷。

我从此便大改了性情，大胆地朝姐姐要了她淘汰了的旧眼镜，大胆地在开学第一天就坐到了教室的第一排中间，当我第一次无比清晰地看到新从天水师院毕业的张老师在干净的黑板上有力地写下那个端直的“一”的时候，我泪如雨下。我要开始我的新征程，来回报我的父亲，来回报他又一次给了我可以争取到更好的前途的机会。

一边学习，一边帮父亲处理各种厂子里和生意上的事情，我从来都没有闲着，可是，又一件事情发生了，就在高二那一年，一个周末。

因为忙，父亲便如同往常一样，将家里小超市取货的费用交给了我，于是，我便和三叔一起去龙山批发货物。

三叔把车子停在了龙山镇的街上，就去离车子最近的摊点上修补他的皮鞋，而我就走进了那早已非常熟悉的有烟酒零碎的批发站。装好了一大箱子之后，我和批发站的员工一起把满满一箱子货物就抬到了三叔的车厢里，我特意嘱咐三叔，一定看好，我便又去搬东西。

可是，当我独自提着满满两手货物又走到车跟前的时候，却发现，那一大箱子货物不翼而飞，我慌忙问三叔，哪儿去了，三叔才惊觉，那个大箱子不见了。

最终也没有找回来，我哭了一路，三叔一路上都只开车，没有说一句话，他大概也是内疚自己没看好货物。

回到家里，是三叔告诉了奶奶货物丢失的事，奶奶就跑到店铺里来看我，我哭得稀里哗啦。

奶奶不忍心责备我，可是奶奶心疼她的儿子。心疼她的儿子的年事已高的奶奶轻叹着气息念叨了一句话："我的娃太不容易了……"我其实和奶奶一样知道她的娃，我的父亲究竟有多么不容易，我哭得更凶了。

父亲走了进来，听明白了是怎么回事之后，却哈哈大笑着说："娘，紧是紧，可是，丢了就丢了，只要我的娃好好的，丢了多少，都是闲的，我能挣回来。"这样说着话的父亲，走近了我。走近了我的父亲，又像一年半以前那个我无缘中师的中午一样，把他的瘦弱的四女儿揽在了怀里。

我的高中岁月还没有走完，日子却按部就班地进入了下一个深冬。

然而，即便是深冬，牛羊也依旧要吃草，家里的干草料是要节省着用的，有时候大雪会封山。于是就依旧是雇了人放羊，可是，放羊的人病了，而家里孩子都在上学，母亲又有太多的家务需要料理，只好临时请人放羊。

在一个深夜，就出事了。我记得那个夜晚很冷很冷，已经是晚上九点多了，放羊的两个弟兄却还没有回来。才从外面忙完回家的父亲，知道这件事之后，就到他们家里去问，却被告知不但两个孩子没回来，连同去寻找他们的父亲，也没有回来。于是，父亲就紧急召集人去临近庄浪地界的遥远的后湾里寻找。

人找到了，没回来的原因，是有一只羊突发血症，死了。孩子们吓坏了，那个时候的小尾寒羊多贵啊，可是，他们弟兄两个竟然把我们家的羊给放死了一只啊，两个人哭着不敢回来。其实，不怪他们，他们两个没有经验。

吓坏了的两个孩子打着哆嗦不敢说话，而我的父亲，却哈哈大笑抚摸着两个孩子的头说："只要你俩好好回来，就是最好的事情。羊已经死了，死了就死了，还可以再养，也不用赔，所以快别哭了，赶紧暖着。"

在给召集来找人的人们和孩子的父亲泡好了茶，安顿好了孩子的情绪之后，父亲就嘱咐母亲赶紧去煮一锅羊肉汤来，给弟兄两个驱寒压惊。

那两个孩子，按照辈分，我应该叫叔叔。很多年很多年，一直一直，两个中间的那个大点的，他一直对我很好，只要看到我，一米八几的他，总会像对待一个小女孩一样，把原本比他还大一岁的侄女的我用他的两只大手捧着脸“拔萝卜”，把我从地上悬空提起来。他时不时会说这样一句话：“老哥给我和弟弟的那一碗羊肉汤，我永远都忘不了，那一碗羊肉汤，能暖我一辈子。”

做了父亲几十年的儿女，八个儿女，任何一个，我们从来都没有听到过父亲以一个长者的，俯视的、居高临下的威严者的身份和语气来告诉我们任何一个，你该怎么样，或者不该怎么样。我们的父亲，他只是像一头老黄牛一样沉默而认真地耕耘；我们的父亲，他只是像一头雄狮一样，在生活的难中不畏艰辛，以汗水和心血将养他的孩子们，以及照拂更多的人，任劳任怨，无怨无悔。

我的平凡的父亲，他，任何时候最先看到的都是“人”本身；我的平凡的父亲，他，任何时候，辛苦和责任都义无反顾自己扛。不怪人之过，不责人之失，不怨天之疏，只以一己之力的担待和仁爱而在生活的风霜雨雪中勇敢前行。

我永远不会忘记我的父亲给我的深恩，这深恩不是一蔬一饭，也不是成为一个宇航员探测宇宙极限深远处到底是怎样一番奇幻景象的英雄梦想，而是作为一个再平凡不过的普通人，在哪怕艰辛的生活真相面前，依旧保持着包容而大度、坚强而仁爱的心。

莫利说：“一个人最大的成功是什么？就是他一直能够按照自己的心意生活一辈子。”从这个意义上来说，我认为我的父亲，是一个最最成功的人。

我曾经看到过曲折的人性之隧道，可是，纵然被生活所击倒，可是，不管在这人间的行走，是有多么难，荆棘遍布，我却一直遵循和行走在我的父亲给我的精神之光华的道路上，一直走得无愧于心。

痛是一回事，爱是一回事，是我的父亲，用他的行动对我进行了最无声却最有力的教育——生活难，生命重，而我们，恰恰要因为这难和这重而尤其热爱生命，善待生命，对生命，对各种各样的生命充满无限的柔情和悲悯。

而这一切，我都得感谢我的父亲，我的精神上的平凡而伟大的父亲。他给我的爱是一生的爱，而他给我的无声的教育，是我穷尽此生最大的一笔财富。

致敬父亲：我心中永远的文艺老青年

“你父亲的衬衣好白啊！”前几日，见到了我父亲的沈先生对我说：“还有中山装，好整齐。”

我说：“是的，我的父亲，他一直是这样，任何时候，衬衣都很白，皮鞋都很亮。”

记得很多年前，与恩师坐，沉默间，他问我:“你父亲他好吗？退休了没有？”

我说：“我父亲很好，他退休了。”

“我父亲，他一直记得您。”

他说：“我也一直记得你的父亲，任何时候衬衣的领子都白白的，中山装穿得整整齐齐，不像是个教师，倒像个老干部。”

我没有说破，其实，我的父亲也不是在教书，然而，我怕说透了将有谑及恩师记性不好之嫌，因为但凡与他见面，他都会态度诚恳而心下也恭敬有加地问候我的父亲，因此就不再说话。

我细想过，恩师之所以会把父亲错认为是位教师，不仅是因为他又要教学又要做行政的每日事务缠身所致的记性错漏，而是我的父亲，确实从来穿着打扮洁净儒雅得像个恩师口中的老干部。

“你父亲的衬衣从来都很白。”这个关于我父亲的蒙太奇一样的特写镜头，其实不只是我父亲留给沈先生和恩师的印象，可能大多数见过我父亲的人，都会有这种印象。

每年，几乎每年，从年初的一年一度的村西台盛大的庙会“上八”，到同样是一年一度的村西台盛大的“九月九”庙会，经常会有我的老师、同学，抑或与我并不相熟却认识我父亲的人，“偷拍”我父亲的照片给我看，这些照片，都有一个特征，那就是父亲总是意气风发，总是面带笑容，总是衬衣雪白，总是中山装笔挺，倘若天气冷，藏青色的大衣总是一丝不苟。

从来都衬衣雪白的父亲，在我的记忆里，却从未听到过任何他关于衣着服饰的言论，他也从未给我们任何人特意强调过或者叮嘱过说，你们谁应该穿什么样子的衣服及怎么穿，直到有一次，放暑假，我刚从重庆回到马关的家中，才进门，父亲就像平常一样，从上房里快步走过来张开双臂迎接我。

那天，我穿了一身以红黑为主色调的土家族套装裙，刚刚拥抱了我，又忙着给我倒水的父亲，很随意地说了一句话：“你今天这套衣服穿得让我心疼。”

我突然笑起来，我说："大大，你好像从来没说过关于衣服的话，今天怎么夸我了？"

父亲抽着烟，显得很不好意思，说："人不管干啥，穿得体，整齐，干干净净的，哪怕是下苦力，自己精神，别人看着也精神么。"

听了父亲的话，我方才知道，我的辛劳的父亲，原来是一直在通过各种方式，包括穿衣，给自己打气，要得体，要精神，要让别人看着也精神。我也方才明白，那白白的衬衣，那工工整整的中山装和长大衣，其实是一种勇气，一种涵养，也是一种鼓励，给自己的，也给别人的。

一九九九年的某一天，父亲突然开始练习写毛笔字，那时候我们家里也还有一个商店的。我记得清楚，每次批发货物的时候，父亲总会批发"一令"纸回来，这个"一令"就是很大的一百张白纸，用来练习毛笔字。

我以为父亲只是临时起兴，玩玩而已，谁知道，父亲练习写毛笔字这条路，一走就是几十年，直到现在。而且，父亲的悟性很好，也很能坚持，确确实实是年复一年越写越好了，去过我家里的人都知道，任何时候，我家的院子里都会有一个偌大的专门用来书写毛笔字的案几，上面也总是摆放着任何人可以随时提起笔来写几下的毛笔、砚台、墨汁、报纸和各种各样的宣纸。

我结婚不久，婆家建了新房，老公就请求父亲给新建的房子写几幅字，父亲就写了四个大条幅，是《满江红》，后来见到的人都说："你大大真个写得好，因为他确实太忙了，顾不上练习，也顾不上专门学，竟然能写成这样好。"

我回去给父亲说，父亲就很高兴。

可是，我突然问他，我说："大大，你是怎么突然就开始想要练习书法了呢？"

父亲就说起一件往事，大约是，有一年他拿了裁好的红纸让别人帮忙写对联，却遭了几番别人冷漠的眼神和轻视的举动。

一边抽着烟，父亲一边缓缓地说："狗娃儿，人，不管做什么，都要有志气、有骨气，没志气、没骨气了啥都做不成，就难免要看别人脸色，这就是为什么我和你妈无论怎么苦，都想要供你们上大学的原因。我们不想让你们看别人脸色，自己把书念下了，少求人，少看别人脸色，一辈子就活得气长。"

记得有一年过年，我们几个无聊，就打麻将娱乐，间隙里，笑脸盈盈的父亲，总也会端来好酒给我们品尝，我就调侃父亲说："来，大大，来打麻将来。"

父亲很谦虚，就说他不会。

可是，我其实知道，父亲他会，因为在有一次他给我们讲事例的时候，举例了，还说得一清二楚的，可是，他自己就是从来不打。

我问父亲："您为什么从来不打麻将？偶尔和我们玩一下是可以的。"我觉得我是深受了川渝麻将文化的熏染了。

父亲却说："'酒场无小人，赌场无君子'，人容易斤斤计较，久而久之，就把本来是好人的性情改变了，就把人与人之间本来良好的关系破坏了，没意思。”

然后，父亲说：“人要养成和追求一些使性情高雅的东西，养好性格，养好人缘，把生活往平和端正处走，任何时候都是对的。”

在生活当中，父亲曾给过我们很多无声的教育和规范，不但他自己在严格地遵守，而且也深入我们的骨髓。

在父亲的语境里，永远不能说“死”这个字，对任何人，在任何时候，永远都不能说这个字，所以，我们家里的孩子，就因为父亲的这种严格的规则，都从来不从嘴里吐出半个不端正的词语。

父亲说过：“有理不打笑脸人，哪怕是对方犯了多大的错误，永远不要在对方能对你微笑的时候，使对方尴尬或者为难。”

饭桌上不能发表任何关于谁吃得怎么样的言论，尤其忌讳饭桌上给人脸色，更不能说谁吃得多之类的话，即便有什么事，也要和和气气对待彼此，把饭吃完了再说。我听到过父亲几次温和地指出问话不对的孩子的错误之处。那孩子端着长辈才吃完了一碗饭的空碗，问长辈：“你再要不？”有那脸薄的长辈只好说：“饱了饱了，再不吃了。”其实并没有吃饱，因为北方人家里的饭碗其实都很小，而且大多数是面，也并不时常有佐饭的菜，所以，正常情况论，一碗不会饱。于是，总也会找个合适的机会，不伤及这孩子的脸面了，父亲就会说：“狗娃儿，问的时候别说‘你再要不？’你就二话不说，直接舀去就对了，这是盛情一心一意要对方对多吃的意思，心里也要实诚。”

我的父亲，永远不让母亲为了物质的缘故而看别人脸色。父亲生于二十世纪五十年代初，加之后来我们兄弟姊妹众多，生活很是艰难，可是，任何时候，父亲都从未让母亲因为物质而看过哪怕一丁点别人的脸色。对于这个，母亲也很感恩，感恩的母亲说：“我在家里苦、累，那是避免不了的，可是，在对待钱财上，就是多难多紧张，你父亲从来没让我操过一点点心，看过一点脸色，我也从不乱花钱，只要是用得着的地方，不管多难，你父亲总会找来给我。”

有时候，想想我们这些职业女性，又想想母亲，我觉得母亲很幸福。

练习书法是从一九九几年开始的，父亲坚持到了现在，不管多忙多累，他只要有点空余，第一时间总会提起笔写字，而且，父亲由最初的只是练习书写毛笔字，变成了现在的画画、拉二胡，养花、养鸟、养蜜蜂。

每当做这些事情的时候，父亲脸上的微笑，是发自内心的，那微笑富足而平和，什么是幸福？我觉得父亲脸上的笑容，就最好地诠释了“幸福”这两个字。

我的父亲，生于农村，长于农村，虽然后来我们中间也有人能让父母离开农村，可是，我的素朴的父亲，就愿意待在农村。即便到现在，父亲都是一直待在农村，可是，从未离开过农村和土地的我的父亲，其实从来都有一颗很文艺的心，一直喜欢穿雪白雪白的衬衣，工工整整的中山装，藏青色的长大衣，锃亮的皮鞋，也一直喜欢读书写字画画，拉二胡唱小曲，种花养鸟，也会在特别的时日里送母亲礼物和花束，支持民俗和文化建设，关心民生与时政。

一个家庭的成长和祸福，与这个家庭的一家之主息息相关，有人说："一个女人是一个家庭的风水。"而一个男人，又何尝不是一个家庭的命脉之所在，正是因为父亲的这种苦中作乐、累中追索，终身学习，任何时候都不忘活得精神，也帮助别人活得好活得精神的，无时无刻不在追求物质和精神的双重上进和优雅的性情，使得我们这个家庭度过了无数次艰而又难的时候，从而变成了今天这样欣欣向荣的模样，近几年连续几次被评为马关的"文明家庭"，而我的父亲，也被评为"最美马关人"。马关美好的家庭和人太多太多，然而，远在千里之外，我依然十分感恩政府和亲邻给我们的这份珍贵的鼓励和无私的爱，这份荣耀归于父亲。

我们家里孩子众多，可是，不管生活如何艰难，我们从事的职业如何不同，或者，我们所嫁娶的人的性格如何不同，可是，我们八个，每个都养成了平和、端正而儒雅的气质和性情，从不主动与人起争执，凡事礼让，凡事宽容，而且，也都如同我的父亲一样，在衣着举止上，自觉不自觉地遵守着得体、适宜、积极、向上和精神的原则，如同他从不改变的衬衣的洁白和端正。

父亲已年届七十，可是，他的状态很好，每天都在勤奋劳作，闲下来也无时无刻不快乐行走在对他的爱好的追索和学习中，父亲这种对待生活的劲头，是包括我在内的年轻人都无法企及的，所以，我始终觉得，我的父亲，是个比年轻人还年轻的年轻人。

有一次聊天，我调侃父亲：“我说，大大，你其实是个很标准的文艺老青年。”听了我的话，父亲哈哈大笑起来。

那个探我鼻息的人

小时候，我不知道得了一种什么病，隔三岔五就会莫名其妙地昏睡几天。

前期是什么个样子，昏睡中是怎么个样子，我都不记得了，我只无比清晰地记得，在我快要苏醒的时候，有个人总是脸挨在我的脸上，不喘气地停留一会儿，这个人，是我的母亲。之所以敛声静气，是只有如此，方能知道我还有没有在呼吸。距离最近的，是我的鼻子，可怜的母亲，怕一直昏睡的我突然会没有了气息。

一生下来，就被奶奶“放弃不顾”的我，是母亲把我清洗都没清洗地卷在一条旧裤子里才活下来的，她失血太多，没有力气做更多的事情。

然而，就是因为奶奶的这往炕角一丢，让母亲对我这个简直是可怜的孩子心里多出了比其他孩子更多的心疼，那已经是农历的九月下旬了，毫无疑问，在母亲的心里，那个时节，是要比寒冬还要严寒的。于是，在那个她只有几块钱工资的年代，她竟然豪横地每个月花四块钱雇了一个叫花儿的保姆将我抱大。

然而，耗尽母亲心血的我，却得了那样莫名其妙的病。

那时候，医疗条件在农村可想而知，叫的医生看了，也去乡卫生院检查了，可就是查不出到底是什么病。

秋风很凉吧，我不知道，月亮很圆吧，我也不知道，我只是昏睡，我总是在不知道昏睡了多久后快醒的时候，会感觉到有一个人，用她温热的脸庞靠近我，亲我的额头，然后敛声静气地感觉，试探我是否有鼻息，是否还活着，感觉我的鼻息是否均匀。我在昏昏沉沉里知道这个人是我的母亲，我就会在感觉到她的气息的时候，尽快而努力地动一下，然而，我总也是没有力气大动，又沉沉睡去，我知道，这个时候，母亲就可以安心去干活了。

这样的母亲因为担心我而探我鼻息的光阴，一直持续到了我十八岁。也就是说，因为我，本就辛苦的我的母亲，就这样一直揪心了我十八年。

十八岁以后，我就出远门去上学了，但是，母亲的心并没有放下，她依旧是担心我。那时候，我们都还没有手机，宿舍里只有一部用 201 IC 卡拨打的座机，母亲就用家里的座机给我打电话，每每通话，势必询问我是否有久睡，听到有，就长长地叹一口气；听到没有，我能听出来，她就很高兴。

我只有寒暑假才会回去，而每到了寒暑假，又是母亲在我睡着的时候探我鼻息的时候。

其实，随着我年龄的增长，我的那个病其实大好了，也去了兰空医院检查了，说是心律不齐中的心动过速，让平时不要太过劳累，不要情绪激动，就没啥。可是，不管多少年，不管医生怎么说没事，母亲依旧没有停止她的这个探我鼻息的习惯。

大三暑假，收割完麦子碾完场，我想替父母把堆在碾麦场里的麦衣拉回家，就背着父母，悄悄喊了两个弟弟趁着大中午拉着架子车去了。

谁知道，回去的时候，装得太多，而从下场到上场的那个坡太陡了，而两个弟弟太淘气，一个追一个地玩儿，没人帮我推车子。我就只好一个人咬着牙强拉上了那个坡，然而，等我勉强撑着把麦衣拉回家的时候，我竟然坐在上房后背里的台阶上出现了昏迷，就在我支撑不下去快要倒在地上的那一刻，迷迷糊糊里，我看到了我的母亲向前伸直了两只手向我奔来，她的嘴里叫着我的名字，脚步踉跄。其实根本已是支撑不住的我，不知道哪儿来的一股力气，强直着坐端了身子。

母亲奔了过来，一个膝盖跪在地上，抱住了我，半晌，才拉着我的手问："狗娃儿，好点了没？咋么个，我娃脸黄的……"话音未落泪已落。

后来，很多年，这个病都再没有出现征兆。直到去年有一天，我不知道为什么，突然又毫无缘由地昏睡了四五天。可就在我意识不清的头一个下午，母亲却发视频过来，看到我脸色憔悴，顿时眼睛里充满了疼惜，赶紧问我，是不是心脏又不好了。根本没有力气的我勉强地笑着，告诉她，我没事，只是瞌睡，母亲就稍微好一点。

然而，母亲不相信，刚吃了晚饭又发，结果却还是看到我无力昏睡的样子，她的眼泪一下子就下来了。镜头里，她把脸凑近了手机，好像是要凑过来用她的脸感受我的鼻息一样，就像小时候，看我是否有呼吸，呼吸是否均匀。

然而，这种病，是没有什么医治的办法，只能睡，睡睡就好了。

这一次，我昏睡了四五天，母亲就在那头心急得坐卧不宁了四五天，直到我又一次站起来活蹦乱跳的时候，我的母亲，才又长长地舒了一口气。

今天，是我的生日，也就是说，很多年前的今天，就是我的，在长达几十年的时间里，探我鼻息的我的母亲，忍着疼痛生下了我。在此，我对她表示我心底里最浓重的感恩和爱。

今天，我想得最多的，还是那些爱我的人和我爱的人，在漫长的人生道路中，是你们给我了太多的照顾和疼爱，当然，这里面还包括长年以来在写作道路上一直不懈陪伴着我、鼓励着我的素未谋面的老师和兄弟姐妹们，在我写文向我的母亲表达谢意的时候，也谢谢你们。

与女书

吾爱齐阁：

我时常懊恼于你的狡黠，比如，每每，你做错了事情或者弄坏了东西，即便是证据确凿，你也是“据理力争”，非要说不是自己做的，更可恶者，你还要环顾四周，而抵赖给那可能出现在你视线里的人，任何人，甚至你的父亲。

对此，我轻言细语，我和颜悦色，我大道理小利害，给你讲解了又讲解，分析了又分析，我企图教会你诚实，事在其次，物在其次，我企图教会你耿直，我企图教会你承担，哪怕是自己要受到惩罚，你也要诚实而耿直，然而，你却还是屡教不改，然而，直至最后，你和我，因为教育你而留下了很多不愉快，这让我十分头疼，沮丧而难过。

直到那一天我做了一锅滚烫的“凉粉”（当然在凉冰之后才是真正的凉粉），因为赶着去上晚自习，无法陪在你身边守护，却又怕你因为好奇而触摸那必须张开着盖子才能凉冰的滚烫的凉粉而烫到你的小手。

于是，我把你抱在怀里给你，给你说明问题，我说，你看电视等我回来，千万别好奇而去摸那凉粉，会粘在手上下不来，而烫伤你的小手。

你点头答应了，我就急急忙忙走了。

八点半，一下课我急匆匆回家，当看到你安静地坐在沙发上看电视的时候，我长长地舒了一口气，就去看凉粉凉冰了没有。

回到客厅，我问你，我说："李齐阁，你摸凉粉了没有？"

你很是一副凛然不可侵犯的样子："没有啊！你不让我摸，我肯定不会去摸嘛。"

我觉得沮丧，我就说："那，我再问你一遍，你要说实话，你真的没有摸？"

你依然说没有，你依然是凛然不可侵犯的样子。

我就严肃起来，我说："你摸过，而且，用的是你的左手。"

你不说话了，你低下了头，两只手在膝盖上绞来绞去，很不自然的样子。

"而且，你是在临近八点的时候摸的，对不对？"

你点了点头，低下头不再说话。

我想说的是什么，孩子，其实，只要没烫着你，我并不计较你到底有没有摸那一锅滚烫的凉粉，妈妈我在意的，是你的品质，是你在生活中懂得遵守诚信、能听进去好话和忠告，而绝不逾越的品质，因为，将来，你必定要长大，你必定要面对远远大于我们这个三人世界的更加广阔的世界和天地，好品质，金不换，它是你立足于社会和人生最大的一笔财富。

我从来不会因为你的学习成绩而向你发火，可是，我重视你的品德和教养。

你拥有一个诚信、耿直而不逾越有分寸的好人格，你内心里就不惶惑，你就不会因为胆怯和畏惧自乱阵脚，只要你内心里足够坦荡，你必将足够正直也足够勇敢，由此，你必将会有一个更加踏实、自信而强大的自己，以及更多的友谊和财富。

一个月后的一次，在饭桌上，你的小脸红扑扑很可爱，你一边吃饭一边问我："哎，妈妈，我一直特别特别（孩子，你知道吗？当你这样很快地用叠词表达你的意见的时候，你根本不知道你这个小女孩有多么可爱，我可真想在你红扑扑的脸蛋上咬一口啊）好奇，你到底是怎么知道我摸了凉粉的，而且用的是左手？"

"因为……"我自己先笑了起来，"因为，当我把凉粉锅端起来对着光线看的时候，我发现上面有一个很小的小手印，因为大拇指是朝右边的，所以我断定，你是用你的左手摸了它。"

"哦，原来如此，我妈妈真聪明，都可以做侦探破案了。"

然后你接着问："哎，妈妈，那你又是怎么知道我是在临近八点的时候摸的啊？”

“我估计的呀，因为现在天气还不是很热，这么小的一锅凉粉，基本上只需要一个半小时左右，就可以很大幅度降温了啊，你想嘛，我是六点半走的，如果你摸早了，肯定会烫到你；如果你摸晚了，已经完全凝固凉冰了的凉粉上的印记，就不会那么明显细致了。”

你哈哈大笑着向我竖起了拇指，说：“妈妈真赞！”

其实，你不知道，孩子，在我的心里，你其实更赞。我十分喜欢你在饭桌上和我兴高采烈讨论问题时候的样子，脸蛋总是红扑扑，思维还很敏捷，就像那一次，你接下来就问我：“妈妈，你说‘联想’和‘想象’的区别是什么呀”？

我说：“‘联想’就是，由某人某事而想到其他与此相关的人和事，比如，你从桌上的花朵想到田野里的花朵，你从我是你的妈妈此刻在吃饭而联想到爸爸的妈妈或者妈妈的妈妈，她们这会儿在做什么。而想象是凭空产生的，比如，就在此刻，你头脑里毫无根据地出现了一个不明飞行物，怪模怪样，比飞机和宇宙飞船更神奇。可是，你其实并没有真的看到飞机和宇宙飞船，那个东西，是在你的脑子里凭空产生的。”

“哦，那……那我就知道了。谢谢妈妈。”

也可能是忌惮你在我面前要抵赖实在是太难了，也可能是你逐渐长大了越来越懂事了，反正，在凉粉那件事以后，你性格里狡黠的那一部分少了很多很多，基本上可以诚实地说话做事了，这让我很欣慰。

至于在你的性情中依旧残存的那部分狡黠，妈妈希望，你将来可以用它来抵御生活中那些不端正的东西将要带给你的擦伤和风雨，从而使你免受你的妈妈我因为性情太过柔软和耿直而所承受的负担。

二〇一六年的九月十九，那一天，是我的生日，我上了满满一天课，三节大课一节小课，又加一大节晚自习将近两个小时，走进家门感觉我瘫了一样，可是看不到你们的身影，我以为是爸爸带着你出去玩了，可是，刚躺下，你的同学李俊豪的妈妈就打电话过来了，说："窦窦啊，这么晚了怎么还不来接孩子啊，李齐阁都快要睡着了。"

我几乎是惊跳着弹起来，挂了电话飞奔下楼去李俊豪家里接你，我才知道，你的爸爸，那一天不知道是做什么去了，以为我接了你。当我把你从李俊豪家里接出来的时候，走时的小雨点变成了倾盆大雨，我搂着你，我们两个在风雨中奔跑。

回到家里，我赶紧给你擦头发换衣服，你却不顾自己，忙着给我找毛巾擦头发。小小的你，居然还记得那一天是我的生日。你说："妈妈，今天是你的生日，你们两个都不来接我，我以为爸爸带着你给你过生日去了。"

孩子，你的心灵在受伤，这让我无比痛心，我赶紧给你解释：

“我说，宝贝，妈妈忘了告诉你了，妈妈今天从早上第一节课，上到晚上最后一节，而爸爸，可能是有急事忙去了，他以为我早就接了你的，是爸爸妈妈对不起你。”

你没有说话，乖乖站着，我给你擦干了头发和衣服，换上了干净干燥的睡衣。然而，我看到你发现了我的伤口，就像我发现了你的伤口一样，你很快地脱掉了我的鞋子，给我擦干了双脚，像我哄你一样，给我擦干了头发，换上了干净干燥的睡衣，哄我睡下。

我把你搂在怀里，你的小脸贴着妈妈的脸，孩子，你一定是感觉到了妈妈滚烫的泪水滴落到了你未谙世事的脸庞。你在我怀里喃喃地低语：“妈妈，你别难过，我给你过生日，我每年都给你过生日，给你做生日礼物，做一辈子。”

我泪流满面，孩子，妈妈十分感谢你这么懂事，十分感谢你这么善良，也十分感谢你这么爱我。

确实，后来的每年、每年，你确实都会在我生日的前面给我早早就准备好足够多的你用你那胖嘟嘟的小手给我制作的各种美丽小巧的卡片和娃娃，以及小饰品。

有时候，你生怕你会忘记了，你就会冷不丁问我一句：“妈妈，现在几月份了啊？离九月十九还有多少天啊？”

有时候，明明刚过了，你却还惦记，又问日子，你说你怕忘记了。

孩子，你还这么小，就这么懂事而善良，认真而踏实，这让我无比欣慰。

有一天你问我，你说：“妈妈，你想想从小到大，所得到的礼物中，最让你觉得开心的礼物是什么啊？”

“当然是你啊！我最最亲爱的小棉袄。”你听了特别高兴，特别幸福的样子，蹦蹦跳跳着来亲我。

去年，我的门卡掉了扣环，依旧能开门，却无法拴在钥匙链上，就很为难。我就把这个难题交给了你，让你给我的门卡缝一个合衬好看，能够把门卡装在里面，还能够拴在钥匙链上的小布袋。

不一会儿工夫，你就用绿底白花的小布片儿给我缝了一个有着两根很细的用来系在钥匙链上的带子的椭圆形的小布袋，这让我多么欢喜，我的小姑娘，你这样心灵手巧，让妈妈觉得好生欢喜而自豪。

时光过得好快，转眼间，你已经十岁了，让我非常吃惊的是，你居然能够穿着我很瘦时候的衣服而且很合身了。孩子，因为不想让你的身体太早熟，我和你的爸爸，在商量以后，几乎是切断了你的零食。关于这个，孩子，请你不要记恨爸爸妈妈，我们是想拉长你作为一个儿童的无忧无虑。我们希望你能够健康而快乐地成长和生活，把烦恼往后推，因为，在你漫长的人生道路上，你将要承受的辛苦还有很多，所以，作为父母，我们能给你减少一些是一些。

我的孩子，有一件事情，我一直很抱歉，那就是你的嘴唇和鼻子上那一道斜飞上去，一直延续到你鼻子中部的长长的划痕。那一天，在下雪，你的爸爸说你奶奶想你了，而把本来很想和我一起留在外婆家里看初八社火的你带走了。可是，就在被带走的当天，天刚擦黑的时候，你爸爸给我打电话说你在吃火腿肠的时候，被狗抓了，我的心在流血，划痕就此留下……

孩子，我无意于责怪谁，我只是觉得很抱歉，作为父母，我们没有照看好你。你的外公外婆，他们两个，养育了我们八个，我们八个中间没有任何一个是因为父母的疏忽而在面容上留下疤痕的。我到底是比他们忙呢，还是我的孩子比他们的孩子更多？孩子，我很自责，所以，孩子，我是一个不称职的妈妈，请你原谅我和你的爸爸，等你稍大一些的时候，我们想着尽量能给你做点小手术，能够弥补，对不起。

孩子，因为你是个女孩，所以，我在你面前，就特别强调你的礼仪方面的问题，比如不让你大声吼叫和说话，比如不允许你叉着双腿躺着或者坐着，比如让你与别人说话的时候要微笑看着别人的眼睛，比如我让你读那些目前来说你并不会懂的《论语》《孟子》《孙子兵法》《本草纲目》之类的经典著作，比如我监督你随手的垃圾要随手放置在垃圾桶，比如让你吃饭的时候不要发出声响，比如在饭菜好了之后让长辈先动筷子。直到今天，我依旧记得有一次因为你第一个动筷子，而我要求你把你正在夹起来的那块肉放在你奶奶碗里的时候，你强忍着打转的泪水……

孩子，请你原谅妈妈的强硬，因为我希望你从小体态端庄，行止优雅，知书达理而至孝至纯，因为你是个女孩，你在此生此世里必须要有好情态和美好气质，是端庄，是优雅，是腹有诗书气自华，是不卑不亢，是不依不懒，是正直大气，是不怒自威，是凛然不可侵犯。孩子，因为，你的教养就是你的祸福，我希望你幸福。

孩子，作为妈妈，我其实并不希望你将来能够颜色美丽或者倾国倾城，自古好花易摧折，我希望你相貌平平而德行端庄，能够获得一个普通女孩儿在这个世俗里的美满和幸福就够了。

有一次你问我，妈妈“我的名字是你起的吗？”

我说：“是！”

“那它到底是什么意思呢？”你歪着脑袋问我。

“李齐阁哈，关于李，我就不说了哈，那是你爸爸给你的一个早就注定了的姓氏，我给你解释一下‘齐阁’两个字。我先说这个‘阁’字，它有三重意思，从上到下依次为‘阁老’，这个词简单说，意思类似于‘宰相’，是明朝时候人们对‘台阁宰相’的尊称。第二层呢，是取‘闺阁锦绣’的意思。它的第三层意思是‘阁楼’‘房屋’的意思。而‘齐’呢，有向上求进步和向平行里看整看齐两种基本意思。”

“我之所以给你起名齐阁，首先，我希望我的女儿，就是小丫头你哈！（你哈哈大笑起来）能够勤学苦练，终成大器，将来能够为国为民谋福利，大义奔走，繁荣社稷，这是妈妈对你最大的一层愿望。但是，如果你不能，我就希望你能做个优秀的女子，能够为你周围的人做点什么造福于他们的事，成为一个闺阁锦绣，也是不单单为你自己活着的意思。但是，假如这样你也做不到，那我就希望你，能够有一技之长，足够养活自己，独善其身，最起码有个房子住能吃饱饭对不对？这样呢，妈妈也就不担心了！可是，不管你能做到哪一层，作为你的妈妈，我都希望你内心始终是快乐而富足的，你只要尽心努力，量力而行就好，不要太为难自己。”

“哦，这样啊，那我就明白了。”你低下头似有所思。

孩子，今天是母亲节，首先，我很感谢你的外婆——我的好妈妈辛苦生了我，然后才有了你。孩子，我很感谢你在这个世界上千千万万可能做你的妈妈的人中间挑选了我成为你的妈妈。我也很高兴在这个世界上千千万万可能做我的孩子的宝贝中间，我能够与你有缘成为母女，这份奇妙的缘分和这份珍贵的血缘亲情，我们都要珍惜，妈妈希望你今天越来越懂事，而明天越来越幸福。

孩子，你已经十岁了，岁月匆忙，也只需要十多年的时间，你就到了恋爱婚嫁的时候了，作为妈妈，我想叮嘱你的是，你和我，都是普通人家的普通女儿，也都相貌平平，所以，将来找对象，不要太看重对方的相貌和金钱，要对对方的家教和人品重视些，这关系到你一生的幸福，以及你们将来的子女们的祸福，所以，我希望在“一个妻子决定三代人的命运”这个话语意义下，你能够做好属于你自己的那个环节，这不但是你作为一个家庭成员的家庭责任，更是你作为一个社会成员的社会公德和社会责任。天下皆贤妻，夫不有祸，国体有福。

我絮絮叨叨说了这么多，其实都是些无用的话语和一些微不足道的小事。可是，孩子，我还是愿意把它们一个字一个字写下来，当作一种记录，一种痕迹，一种只属于你和我之间无比珍贵的记忆，点点滴滴，留存在这里。

因为，作为父母，我们终将在料不定的哪一天会离开你，而去向另外一个远方，那时候，我希望已经长大、有了自己的家庭和丈夫、孩子的你，能够在百忙之余的疲惫里，翻出来看看它们，从而能够使得你的眼睛和心灵获得片刻的温暖和慰藉，知道作为爸爸妈妈我们很爱、很爱、很爱你，这就够了。

我的可爱的女儿，最后，我还是要不厌其烦地叮嘱你：一定不要学坏，一定要有一技之长，可以自给自足、养家糊口，你要担负起你作为一个人的全部的社会责任和你必将要作为的一个妻子的完全责任，这是我作为妈妈代表你的爸爸和我对你一辈子的希冀，希望你能做到。

最后，当然是，亲亲我的宝贝，再抱抱！

此致

拥抱

再亲亲我的小宝贝

妈妈窦小四

2020 年 5 月 10 日 18 点 24 分结文于重庆开物楼二楼图书馆

第二辑 · 朴素的情怀

青藤的坚韧和匕首的锋利

交缠着古老的信念

一个梦境

雪后还乡的

只有老人

和真心

——窦小四

乡愁瘦

乡愁！

乡愁它其实很瘦。瘦得如同一株挺立在北方刚刚收割完庄稼的广袤田野里，被犀利的秋风用猛力摇摆的野草，颤抖，只株。

它瘦到，总也是匿身在无人知晓的隐蔽处和暗淡里，而，当它不安，当它躁动，当它坐卧不宁，当它喘息，当它翻身，当它受到外界的刺激，当它调整姿势，进行下一次沉睡的时候，它的无数根像野蒺藜一样尖刺的锋芒，扎得五湖四海的游子们，五脏六腑生疼。

乡愁，瘦瘦的乡愁，它，没有一副丰腴的身姿，或者圆满的容貌在人间，并且，每到镜月清明而涩愁正浓时，思乡人的嘴，却愈发地被扎得紧，如同一个苦于生计艰难的中年男人，满面风霜，紧锁愁眉，用他青筋暴起的右手，拧紧一个皱皱巴巴的空瓶盖。

于是，关于乡愁，游子们的心，只在沉默里，只在一缕廉价纸烟焚烧之后飘出的瘦弱烟圈里，从头至尾走一遭，最后，再画一个虚拟的句号。

儿时的柳树，少年的清贫，婚嫁时的窘迫，和那或许是仅有的一颗糖的蜜甜，总都会回味的，一次，两次，三次，一次又一次重叠，反反复复地回味，以及那，一样的简简单单的饭食，一样的粗鄙粗陋的衣裳，一样的父亲的疲惫和母亲的叹息，一样的自己的和别人的都冻得发抖的薄唇和双手，以及一样的赤着脚丫子在泥土路上奔走的慌张和沿着眉骨顺流而下的，涩而又咸的汗水……

情景一样，细节一样，滋味不一样，我们一年比一年老了。

乡愁瘦，到最后，所有的甜蜜和辛酸，在经过无数次反复回味和咀嚼之后，花草儿枯黄，烟丝儿飘尽，只剩一声叹息。

生于北方，长于黄土地的我，在走出小镇马关之前，整整十八年的狭长岁月里，没有见过菠萝，没有吃过牡蛎，也没有看到过铁路和大海，更不知道诗歌何所吟唱，而远方又何以涉足。眼中心下，永远是望不到边的麦子和掰不完的玉米，永远是一眼望不到头的贫瘠的黄土地和两岸堆满了小石子的干涸的小河。

劳碌伴生着疲惫，腼腆掺杂着自卑，我们依靠黄土地活着。

当后来，当后来我听到有人说“诗歌不必沉重”的时候，我放下了笔。

不写沉重，我写什么？

多少个夜晚，多少个我，都梦见自己没有鞋子穿，没有书包背。梦见，或许并非梦见的，那个一九九九年的冬天，青灰色的天空里，那场因欠了二十二元而使我独立檐下良久而终至泪水结冰而看起来下得更大的纷纷扬扬的白雪。

而更有无数个原因，没能读下去书，没能继续学业的人对我说，自己时常梦见考试，不是迟到了，就是卷子看不清，不是没有笔，就是题没答完，总之是没能顺利走出考场考上大学，话音刚落，随之而来的，必定是铁秤砣一样永远悬在心头的沉重的叹息，甚而是低声的啜泣，声声叠起。

我知道，他们心里的晦涩的痛楚，如同旧伤结成的老痂，和我梦见自己没有鞋子穿没有钱交而从梦中哭醒惊醒的惆怅一样浓重，甚至更浓，更重。

记忆如此，生计如此，运命如此，心灵如此，往事一幕幕，旧情一桩桩，如斯清晰，如斯鲜活，而又，如斯沉重，那，不写沉重我写什么。

即便有时候，真的，绯红的笑靥真的也会爬上干裂的脸颊，即便有时候，七彩的云朵也会真的大片大片把天地装饰得富丽堂皇，即便有时候，真的，油菜花的金黄也会倾倒一地。

乡愁瘦，瘦到如何？

素素还没有找见，三三的命运仍在延续，月月呢？彩礼千而又万，万而又万。从监狱里出来的阿绵，她的眼睛依旧没有变得很明很亮。青莉的手指，依然少了一根，少了一根手指的青莉，依然在卖馒头，卖馒头的青莉，依然穿着粗陋的土布衣裳。转转婆婆没有享到一天福……

其实，比起她们，在那个黄土高原上的小村庄里，小镇上，我算是极其安逸而幸福的人了。然而，我天生的心思细腻和神经敏感，让我在她们身上，如同她们的经历在我身上一样，感同身受，体味了她们每个人的运命。

这南方的树安静，这雨中的花艳丽，这滴水的绿叶肥硕，这洗肺的空气清新，然而，又是一年九月九，当我想起故乡，当我想起我地处北方，面容清瘦而神情肃穆的故乡，在这翻滚的暮色里，我的心起风了。

有人给我发来正在戏场里看戏的父亲的照片，头发稀疏的，背影佝偻的，依旧是几十年如一日的清瘦的父亲，是的，是我的父亲，就是那个曾经用他的瘦弱的脊梁撑起无数人的生计和希望的，以及我们一家人的生活和梦想的父亲，他的身形愈发清瘦了。

乡愁瘦，瘦到如斯真切，而如斯触目，痛，锥心的痛，身着藏青色大衣的，孑立在细雨中的我的父亲的窄窄的背影，使我流泪。

母亲和长姐在家中洗菜，洗菜又做面，以期招待客人，以备过冬之用。

两样场景，一处哀愁。日影黑白，在岁月恍惚的晴暗里，泪眼蒙眬的我，神情恍惚的我，一时间竟傻傻分不清，到底是正在弯着腰辛苦做着活计的劳碌的，却能够时刻陪伴在父母身边的长姐幸福，还是游走在远处的，过着清闲享福日子的我幸福。

是的，隔着千里万里的距离，隔着一个手机的距离，我与我的亲人们相见了，相见而共情了。长姐的手中掌着的，是洗得湿漉漉的白菜；我的手中握着的，是湿漉漉的毛笔，一个蘸水，一个和泪……

乡愁瘦，瘦到无语，下笔更哽咽。

乡愁瘦，瘦到秋风吹落纸鸢，又雨湿竹骨，阴天里放不起。

一位管理大师曾经说过这样的话，他说，最有福气的父母，其实是那些生的孩子不太能干的父母，因为这些孩子，他们不会远走他乡，他们会一直陪伴在自己的父母身边。

陪伴，是的，从人生最根本的意义上来说，这才是所有人最大的幸福，包括父母，包括子女。

乡愁瘦，故乡年年的一场社戏，年年惹得我心中那株思乡的瘦而硬的野草如同被飓风吹动般摇摆。于是，关于故乡的所有的往事，旧物，故人，闲声，甚至，一只昆虫，一根扁担，一只青头鸟，一株灰灰草，一枚“啪”一声掉在黄泥水里的被暴雨冲刷干净的将黄未黄的羊粪蛋儿土杏子，都如同出土文物一般，自带年代感和亲切感，仿佛古老又无比清晰、无比珍贵而价值连城地出现在我的脑海里，如同一部卡景又卡声的老电影。

乡愁瘦！

父母不见，乡邻不见，恩师不见，同窗不见。

老屋不见，麦垛不见，野草不见，羊群不见。

它们，我想，它们是不是如同我一样，在我所不知道的远处，很远很远处，在空间场所的层里，或者在时间岁月的流里，有着一双双，一双又一双和我一样的，蓝色忧郁的眼睛，在心中生长着如同一株清瘦的野草一般的乡愁里，悄然背转身，神情暗又淡里，回望过去。

乡愁瘦，瘦到，只剩下泪湿衣襟。

乡愁瘦，人们搬走了，进了城，老屋空了，装粮食的木柜空了，屋脊上的瓦萱儿沉寂之后又繁荣，房檐下的燕子飞走了，比村头的老槐树更高的炊烟断了，树木被砍伐后剩下的桩也已经腐朽，田地成了山野，布谷鸟的叫声使得远山更加空旷，近山苍白而孤寂。

昔日里被争着抢着挖掘开垦出来的水泉沟里，如今也只有野狗在一阵原本是带着希望的窸窸窣窣的轻嗅之后，抬头向远处凝望，茫然惶惑，无所适从，一棵枯黄的狗尾巴草遮住了它的眼睛，它的黄褐色的眼睛，和山谷一样空洞。

没有一把铁锨是明亮的，没有一把镰刀是锋利的，没有一根绳子是柔软的。旧校园里，昔年，我们幼时两个人抬土、两个人抬水所种植、浇灌下的树木，北风折断，在旧年里。

乡愁瘦，瘦到它什么都给不了我，只面容清瘦、骨骼清奇地横亘在我的心里，除了一夜又一夜的疼。

乡愁瘦，瘦却又仿佛炫耀胜利一般的乡愁，它，静卧在，安详在，也审视在，判决在我的心灵最深处，发出刺眼的金光。

瘦瘦的故乡，它的气息如此慵懒，水慢慢活着，铜钱生锈在土台上，泥沙安然地躺在干涸的河岸上，菜园子里的青虫，在午后纤细的光线里，一缩一缩地向前爬行，油漆在窗棂上发出刺鼻的清香，白纸糊就的窗格子，有一格被风吹烂，那已经泛黄泛黑的细碎纸片，随风飘荡，发出细碎而寂远的声响。

那时候的月亮，也瘦，瘦瘦的月亮，它薄薄的清光，谦卑地照映着低矮的院墙，和破败的柴门，狗只一声吠，你就能听出饿，煤油灯把时光抛得更远。

父亲的烟卷发出焦黄的叫声，刺刺啦啦着不愿意被那一点猩红的小火烧光，其实，父亲也不愿意，所有的父亲也都不愿意，是啊，连最便宜的凤壶牌香烟，也要九毛四啊，一包烟，一会儿就光。白霜落在旧瓦屋上的时候，新种的麦苗探出了嫩芽。上房后背里依着山崖凿出的窑洞里，皮嫩肉甜的洋芋和红白萝卜透着仙气，父亲笑了。举步维艰的日子，捉襟见肘的岁月，在所有人的脸上，笑容是个稀罕物。

母亲的手，我从来不知道母亲的手，它们是否热烈或者冰凉，她太忙了，母亲太忙了，那么多的牛羊，那么多的庄稼，那么多的孩子的衣食，都要她去一点一滴亲手做好，她没有时间坐下来绣一双袜垫，她没有时间停下来凝视一朵花的盛开，她，甚至没有时间来摸一摸我滚圆的头颅。天底下，有多少这样的母亲啊，在她们的胸怀中，深藏着多少沉默的爱和无声的情啊，她们却没有时间，也没有闲情将它们，一一吟唱。

所有的人都知道，所有的远离故乡的人更知道，正是母亲的辛劳和汗水，坚韧和不馁，父亲的强大和脊梁，承当和勇气，如同火炬，把我们从物质清贫，把我们从道路陡峭，指引向了今天的灯火通明，鲜花怒放里。

泉水叮咚，柳花飞扬，轻拂面，能不忆故乡？

乡愁瘦，尽管乡愁瘦，却恰恰因为乡愁瘦，所以，我不会忘记生我养我的人，我不会忘记给我了恩义和教诲的人，我也不会忘记和我一同蹚过来的人。塔尖与刀锋，生锈和磨亮，露珠与铠甲，黄昏和烟霞，我都一遍一遍在心头擦亮，我都一遍一遍，在指尖触摸。

瘦瘦的故乡，唯有白雪丰满。

我爱雪，我热爱北方的雪，几乎，我笔下几乎所有的词语，都在为它服务，都在为它奔走忙碌。这是因为，因为它的雪花般忧郁的浅蓝底色和明月般白净的面容，暗合了我离乡又思乡的心底里最洁净的精魂和悲凉，也暗合了无数和我一样的游子们心底里，对于故乡无比热爱却又无法亲近的思念和愧疚。

乡愁瘦，它瘦得如同煤油灯灯芯里那一注柔柔，滑滑结着的，呛鼻的灼伤的疼痛和惆怅。由一个废弃的墨水瓶做就的，布满烟尘的旧灯盏，它的最顶头上，那一缕被夜色四盖，压迫笼罩的微弱而缥缈的光线，把无奈和思念拉得绵软而细长。

乡愁瘦，我的忧愁，被灯光之色掩盖。

我知道，又是一年九月九，又是一年社戏时，乡愁瘦，今夜的乡愁益发瘦。今夜，不只是我，在这异乡的灯光下，兀自伤神，独自悲鸣。

树叶可爱

其实，是万物可爱，而我，只想说：“树叶可爱。”

你想啊，是新到来的一个新的春天，空气湿漉漉的，太阳的光耀明媚而不刺眼，露珠的形体透明而圆润。泥土的清香，凉爽而不扑鼻，是那么真诚而朴素啊，孩童们在不远处笑闹，于是，就在这样的一片天地里，红墙前，土阶旁，就有那么一棵树，不高不矮，正好一人略出头。

是个二八女子吧，抑或三十而立方好，丰腴而静美，发髻高挽，乌黑浓密，步摇摇曳，身着浅碧色江南旗袍，就向着这棵树，缓缓走上前去，待至目所能及的方寸之间，低头，轻嗅姿态，就看到了一片树叶，是桑树的叶子吧，或者是榆钱树，其实，是什么树的叶子都不那么重要，重要的只是，它是一片新绿的树叶就好，不过，是以桑树叶子最佳。

是的，就看到了一片春雨过后，阳光朗照下的新树叶子，绿油油的，湿漉漉的，它的脉络是那么清晰，它的纹路是那么真诚，它的形状，是那么圆润，一丝儿的风起，它略微地摇摆了一下，是那么轻松，那么愉快，又是那么坦荡。此时此刻，你能禁住自己的心吗，不去传神地惊叹一声：“啊，树叶可爱！”

啊，树叶可爱，真是可爱。

曾经的我们，年少多梦，意气风发，心怀寰宇之浩渺广博，志存天地之阔达神奇，希冀着能如庄子笔下的大鹏一般，抟扶摇而直上其九万里也，展翅高飞，目空之尘俗瑕微而身姿神思游走四方，非梧桐枝头的清露不食，非志同道合的知己而不与言道同行。然而，活着，这件磨刀石一般坚硬生冷的器物，以它岿然不动的姿态，以它事无巨细的琐碎，以它暗藏杀机的幽深，以它风起云涌的颠簸，以它斑驳琉璃的面容，将我们一个个从云端击将下来入了尘埃里。

“飞蓬各自远，且尽手中杯。”这话，是谁说的？

是李白，曾经的他，是多么俊朗飘逸的少年郎啊，骑着高头大马从长安的东市风行而过，五花马，千金裘，呼儿将出换美酒，那气势，那恢宏，是日月昭昭，是一株肥壮的野青稞在水田里疯长，是一只神奇的锦鹞在空中翻飞，手中一把剑，酒后一支笔，指哪儿哪儿生花，向哪儿哪儿生辉，那仿佛生生不息的笔墨和诗句，把盛唐人间全部高昂的、繁盛的、喜悦的、肥硕的美好，以滔滔不绝的力量卷藏在历史与政治中，让世人同行，让世人同欢，千秋万代。

然而，最终，连大唐都陨落了，而他自己，这个所有人都以为的，他会一直风流华贵下去的才子少年郎，在历经了国运动荡与世事激荡之后，竟然也如同大唐的陨落一样萧条了志气，消沉了骨气。

最后，他，着一身旧衣衫，如同一粒卑微的秕子一样，把生命和才情，把气度和抱负，一并飘荡在，也悄悄在大唐的风中，面容疲惫。所以，他，这个曾经风流华贵的才子少年郎，就终于也是有那么一日，无法躲闪，颓圮地喃喃自语："飞蓬各自远，且尽手中杯。"

那杯子，还是那只曾经的"葡萄美酒夜光杯"中的杯子吗？恐怕早已不是了。他忘记了大鹏，他卸下了千金裘，他跌下了云端，他，也远离了东市。他的沧桑是大唐的沧桑，他的颓圮是世事的颓圮，而他的迷惘和悲凉，也是命运与人心的迷惘和悲凉。

月影，枯树，涸塘，孤影，旧醅，他想起了猪，他想起了牛，他想起了也叫作"飞蓬"的白芷蒿，他想起了一切属于人间烟火的接地气的东西。是啊，什么都过去了，什么都没有了，什么都是空的，有的，只是眼前这杯旧酒醅。它旧，它清，它淡，它贱，然而，它却真，关键是，它在，还真的就握在他的五指间，甜在他的心肺里。

为何在他笔下，黄河的源头不是青海的巴颜喀拉山脉卡日曲，而是飞流直下三千尺从天而降？仅仅是因为他的才情如此，胸襟如此吗？不是，而是盛唐丰腴而慷慨的气象使人容易夸张。

而纵便只是一株草，也是飞蓬十八变，大壮大硕之后，大青大紫之后，草的颜色，花的颜色，世事的颜色，人的心性的颜色，终趋于淡，走向白，就是眼前指间这个旧酒杯啊，就是手中口里这杯旧酒醅。

诗尽名胜，尤长五言，求官问仕，咏李陵而歌西施的王维，最后独居辋川；而镇军参军，祭酒县令，猛志孤念，游宦好经的靖节先生陶渊明，最后选择了种豆南山下；还有在“苏黄”“苏辛”“欧苏”中都留名的大家苏东坡，在历经宦海潮起潮落，又足踏惠州、儋州之后，所最令他陶醉不能忘的，怕也只是那肥而不腻的一碗“东坡肘子”了。

人，虽被先圣先哲们誉为“万物灵长”，然，神及千里累有时，思之八荒心有疲，纵横历史人憔悴，而欲之珠玉更不堪，长之烦恼，情之暗伤，而身之新疾。

天地间的草木到处在生长，人间的故事亘古在流传，其盛也盛，其丰也丰，然而，最后，都走向了，也都只拥有了眼前能够被五指盈握的一点点真实，和踏实。

单单只知道自己是快乐的，就好。

是的，人生，是需要有那么一些宁静的时刻，对自己说：“我不贪婪，我不远望，我不深求，我不环顾左右而责备又求全。”

就如同那片树叶，那片恰恰被你，在一个不期然的春天里，于新雨后，于阳光下，于红墙前，于土阶上，于尺度的不高不矮处，于身姿的不肥不瘦处，于眉眼的不争不怒中，于情态的不温不火里，欢喜，欢喜而安静地看到的，那恰恰被你看到的，那一片树叶。

它油油地碧绿，它圆圆地生长，它静静地摇曳，啊，这一片树叶，阳光你自照耀我，我不求不争，不抗不拒；微风你自缓缓地摇曳我，我不惊不诧，不亢不卑；细雨你自水水地润我，我不言不语，不恩不谢；而人，你只管看我视我，向我背我，我不疼不痒。我是一片树叶，我就是这样一片树叶，单单只知道自己是快乐的，就好。

是啊，树叶可爱，虽然万物可爱，然而，我只说树叶可爱。

世事瞬息万变，人心点翠琉璃，大处空，远处虚，而只有眼前近旁的这一片树叶，它是那么真实，它是那么坦荡，它是那么青春，它是那么安和，它是那么朴素，它，是那么无辜，而又那么清白。

只在此时此刻，只见此情此景，只有此树此叶，近在眼前，可观，可嗅，可摹，可思，可写。可悲喜眼中，可老翠心间，可起伏胸中，可死生指尖，这一切都是那样的坦荡，真切而踏实，这就够了。

其实，生在和平时代的我们，在照料好了国事家事，志向抱负之余暇，是可以“物喜”的。不然，我们拿什么来消除疲惫呢？

不是吗？你看，此时此刻，就是亭亭地椭圆在空中，只被一寸细茎所牵的树叶，它随风摇摇地在摆动，它恩被阳光安安地在生长，它幸披雨滴油油地在碧绿，多么青春，多么生气，多么的，充满了现世的，当下的，此时此刻的小喜清欢，和圆满丰腴，这就够了。

真的，树叶可爱，虽然，其实是万物可爱，而我，只愿意说：“树叶可爱。”

真的，此时此刻，树叶可爱，这就够了。

是的，人生，是需要有那么一些宁静的时刻，对自己说：“我不贪婪，我不远望，我不深求，我不环顾左右而责备又求全。”让心，让身，只停留在此时此刻，一片树叶之上，浅浅地欢喜，小小地圆满。满足在此处，完备在此处。让心，让身，得以休养生息，完全而彻底，休养生息。

所以，其实，纵便是万物可爱，而我，只说：“树叶可爱。”

木质的秋天

我总觉得，到了秋天的时候，万物的生命，都最庄严而丰富。

这也就更加容易理解了，为什么人们常说：“秋天是收获的季节。”因为，在秋天，我们收获的，不仅是粮食和蔬菜，在秋天里，我们的头脑往往更加清醒，我们的思维也往往更加智性，所以，我们常常更容易于落木萧萧下的萧索肃穆里，感受和思考自己，悟道乎己。

在秋天里，我们整个人的神态和气质都会变得很安静，生命脱去了初始的幼稚和浮华，也萎去了努力生长时候的张扬和凌乱，而全部沉淀成了端庄雅致的模样，是三十而立身着旗袍的女子吧，丰腴清雅而与凋零有着一段很合适的距离。

“木质的秋天”，不知道为什么，关于秋天，我的脑海里总会浮现出这几个字，也许是因为，最是这世间形形色色、种类繁多的花草树木，是它们漫天漫地，由高到低，最及时、最充分，也最无处不在地彰示着、告诉着，也表达着秋的况味吧。

正是这些花草树木，让我们朴素地感受到了秋天。

一眼望去，在晴空映照下通身闪耀着金光的银杏，它们的叶子，随着秋天里的清风轻轻摇摆，在空中，它们娇小而矜持的身姿，让望见它们的人们心中，顷刻间增加了明丽的高贵和金丝一般的柔软。难怪李清照说它“风韵雍容未甚都，尊前甘橘可为奴”。植物的姿态和内涵，如果解读得恰到好处，是很能启迪和发掘出人的灵性的，也是最容易引导人走向生命的天真与和谐的。

还有那如血的枫叶，血管清晰可见，它们，五角，端直而挺拔，欣欣而跃跃地把它们的枝叶生长于低矮的灌木丛之上。“一重山，两重山。山远天高烟水寒，相思枫叶丹”，我想，枫叶是和红豆一样，在植物中，是表相思的吧，不然，为什么它的颜色是那杜鹃啼血的样子，鲜艳而又热烈。热烈的东西往往短促，是爱情最明确的旗帜，却也是生命最悲怆的长鸣。

还有梧桐，我不知道金陵街上的法国梧桐，秋来时节，是如何团结一致，排列成浩大如战的姿势的，而我却明明白白，也无比清晰地感受过北地的梧桐。西北师范大学校园内纵横西东的梧桐，每到秋天的时候，都像得到大自然统一颁布的律令一般，只在一夜北风紧之后，齐刷刷地呈现出苍凉的面容，每一躯枝干，每一片树叶，全部都是蒙了尘的灰褐色，这种呈现在梧桐树上的秋意，我是饱饱地品尝了四年。还有兰州大学、陕西师范大学、西北大学和西北工大的校园内，之于梧桐告秋，无不是这种齐刷刷苍凉而慈悲的面孔。

《闻见录》里有:“梧桐百鸟不敢栖，止避凤凰也。”《魏书·王勰传》里说:“凤凰非梧桐不栖。”《庄子·秋水》中也有云:“夫鹓雏，发于南海而飞于北海，非梧桐不止。”鹓雏是凤凰的一种，它从南海飞到北海，只有看到梧桐才落下栖息，可见梧桐之高贵与素雅。

我想，梧桐与凤凰这两种物象相携而就的这种君子风范，在姜子牙、诸葛亮身上也能找到影子，他们在没有遇到“梧桐树”前，宁愿做一个平凡的钓者、耕者。还有杜甫之悲秋，王维之赏秋，苏轼之悟秋，李清照之望秋，李煜之了秋等，古来圣贤身上这种朴素而高远的境界，是最能与秋之朴素而高远的意境和气质相通的。

所以，也难怪乎人们说梧桐为树中之王，说它是灵树，能知时知令，而我尤其觉得，在梧桐所能知悉的时令里，它最是能告秋意，也最是能显秋气的。

还有菊花，“暗暗淡淡紫，融融冶冶黄”。我觉得李商隐的这两句话，极似萧红的句子，和王建的“晚艳出荒篱，冷香著秋水”相得益彰，童话而天真，也非常本质和诗意地描绘出了秋天里菊花的姿态和情状。秋爱菊花，就独独偏纳百花中之“菊花”

这一种花，任其凌傲地盛放于人间，独立地雄立在山野。菊，其色耀耀，其姿灼灼，它在诠释着秋，却也弥补着秋，是啊，秋天，秋天太过肃穆静止了，也太过凝滞而素雅了，于是，这金菊便凑来身姿，补缀于秋天这铺天盖地的灰色苍凉之上，淘气地涂抹点金灿灿耀眼的颜色，这种补济，未尝不是一种别样的深爱。

还有胡杨。据说，在中国，额济纳的胡杨林最绚烂，塔里木的胡杨林最美丽，然而，遗憾的是，我既没有去过内蒙古，我也没有踏足新疆，因此，我也就同样遗憾地没有舔尝过这两处胡杨林的秋味。然而，我却实实在在地感受过，也听到过在那幽远的秋天里，“至媚至傲、至柔至刚”的胡杨树的叫声。

2002 年的“十一”，趁着假期，我去了一次甘南，也是秋天，道路两旁树木稀疏，树木上卷曲的小叶消极成颓圮的姿势，灰褐的地，清白的天，山脚下是紫外线极强的日光笔直，而山顶上，则是皑皑白雪。

在下山之际，我第一次忘记了我的女子身份，肆无忌惮敞开心胸地躺在了草地上。那一瞬间，天地豁达，也是我第一次，在一个秋天里，看到了那么澄明而蓝到透亮清澈的天空，我承认，我是被感动了。

夜晚，我住在同学的宿舍里，尽管只是秋天，可是，实际上天气已经极其寒冷了。可就在半睡半醒之间，我隐约听到了如同口哨一般清脆而圆润细长的鸣叫声，我能区分，那不是人的喉咙发出来的声音。我害怕起来，叫醒了同学，没想到她稀松平常地说：“那是风吹树梢发出的声音。”

“树！什么树？”

“白杨或者胡杨，我不知道，赶紧睡吧。”

我却睡不着，那是我第一次听到树的叫声，如同动物婉曲而透明的悲伤。

后来，我仔细推敲过，按理，当时被风吹响的，应该不是胡杨，而是能够生长得笔直高大到直冲云霄的白杨树，胡杨身姿低矮。

然而，当很多年以后，在终于仔细体察了胡杨这种树木的品质和特性以后，明知是错误，但我还是更加固执地把当初被风吹响而发出声音的树木臆断地归结为是胡杨了。

有“植物活化石”美称的胡杨，“生千年不死，死千年不倒，倒千年不腐”。之于一种生命，这种珍贵的品质，像极了秋天的本质，离死亡的真相最接近，却也离活着的真相最接近。

世间草木千千万，方寸之地，以木说秋，是说不尽的，然而，在所有的秋天里，无数的草木，都和这银杏，都和这枫叶，都和这梧桐，都和这金菊与胡杨一起，最生动、最童话、最天才，也最贴切地表达着、展示着、涂抹着，也意蕴着“秋”这个季节，它的美好与朴素，它的豁达与空阔，它的浅白与哲理，它的亲近与高远，它的棉布般的面容和木质的心灵，以及它的向死的勇敢和向生的勇气，恰如魏晋之风流，嵇康之淡死生。

秋，这花草的秋，这木质的秋……

所有坚持和倔强的，都傲立枝头；所有疲惫和颓废的，都匍匐于地，这就是秋天。秋天，它以树为托，以木为寄，无处不在地忠实而坦荡表露着生活和生命的真相。

北方的树林

大地孑然一身，北方的树林在它之上，寄居。

当风吹灭云朵，当白雪覆盖火焰，当美丽的白鹿角上挂满霜花，当最后一个柿子的鲜红从枝头掉落，当一只年幼的青蛙在河岸边把黑夜破口大骂，当一个皮肤白皙的善良女人又一次受孕，北方的树林，依然坚定地集体矗立在北方的大地上，把这人间天上的一切，深情凝望，纵便，它们集体的根，和枝，和叶，和花，和果，都只是一同寄居在大地之上。

明知须自怜，却深情于万物，我想，这乃是人间最大的福祉，和慈悲吧。

这种力量，让我感到魅惑。正是因为看到了，感知了这种力量的存在，才能让我在哪怕是大火把鲜花盛放的四月的春天焚烧的时候，依然能够看到美丽的鸟群在我面前的树枝上并排而坐，是北方的树枝，是充满了希望和人间气息的鸟群，它们在帮我，帮我一次又一次蹚过活着时的命运之河。

这些鸟，它们寄居在树枝上，恰如这北方的树林寄居在大地之上一样。它们的白色羽毛，它们的明亮的眼睛，它们的长满红色鳞片的爪子，如同耀眼的光芒，都齐刷刷在树枝间闪烁，是北方的树枝，各种各样的树木的树枝，每一枝，都是帮我从患难走向安然的渡船。

是它们，这北方的树林，它们的寄居的宿命，和它们的，明知自己是寄居的宿命以后还依旧顽强地生长在大地上的力量和勇气，以及它们在明知自己命运如此之后依然对于万物的庇护和热爱，让我能够在哪怕历经了磨难之后，依然自己与自己拥抱，依然能够在已然是废墟的泥土地上捡起那断裂的树枝和残破的花瓣，为自己精心编制一顶美丽的花环，然后，双手举起，慎重地戴在自己的头顶上，如同王冠。

正是这种力量，让我在失去心爱的姑娘以后，仍然能够对着明亮的夜晚，对自己心中花园里的玫瑰歌唱；正是这种力量，让我在被大火烧过的土地上还会梦想着建立一个新的村庄；正是这种力量，让我那么饥饿那么疲累却还能行走在人生的原野之上。

我是一个粗枝大叶的人，我的性格，也像极了北方的树林，我甚至有时候会对着它们说，我看见你们了，我也就看见我啦。树叶落下，如同我的悲伤落下；露珠清澈，如同我的泪珠清澈。正是因为得了这北方树林灵性一般的启悟，我的心，才能平静得如同一株在黑夜里端正站立的松树。鸟用翅膀飞翔，羊群以青草喂养，昆虫藏身于洞穴，人，靠精神活着。

树叶飘飘，北方的树林，它时常树叶飘飘，那飒飒的歌声，陪着我，和我的呼吸声，它们互为宫商。强烈的日光从头顶直射下来，是北方的树林摆动如扇的叶子，免我灼伤，给我以遮蔽的阴凉。

九月和诗歌，是世间最般配的两个词语，它们情投意合，它们琴瑟和鸣，它们心心相印，我把它们，奉献给北方的树林。

在见到南方的树木之前，我并没有体会到北方的树林，它们能够生长成林的艰难和勇敢。南方的树林，南方的树林里的每一棵树，它们的枝干是那么的粗壮，它们的叶子是那么的肥硕，它们的气根是那么的发达。在南方，我第一次才知道，在北方艰难成活的盆栽夹竹桃，在南方竟然能长成那样枝叶繁盛的大树，而仙人掌的叶面之肥大，它们真的不是一如北方的仙人掌的样子，即便是生长到最大的时候，也只是人的手掌那么大，南方的仙人掌，真的不是凡人的手掌吧，是仙人的手掌，所以，它们才可以那么的水分充足，养分充足，资源占尽地屹立在人间。

北方的树林，它干瘦的躯干，像极了在黄土地上流干了汗水的父亲。北方的树林，它宽厚丰腴的使命，又像极了苦而笑着的母亲。

如此清瘦，如此艰难，可是，北方的树林，一如北方的人一样的，千百年来，从未放弃过自己，也从未放弃过一应他的美好的心愿和该他承担也不该他承担的责任和重负。

北方的树林，头顶上的太阳是它们的灯火，树干上的木耳是它们的胸针，而树底下的野花是它们的诗歌。它们以四季勾勒，它们以色彩涂抹，它们以声响表达情绪，它们以沉默承担更多。它们不知道，有太多的生灵，曾被它们救活。

那个受伤的猎人因藏匿在巨木背后才躲过来自野兽的一劫，那只难产的梅花鹿只因食用了掉落的板栗而重新获得了力量，倾斜的山坡因为千万树木的林立而停止了滑动的步伐，它们护住了村庄，也延续了河流。两只猫头鹰，安静地栖息在北方的树林的枝干上，恰如一朵红云佩戴在我的草帽上。我想，不管你是什么，它是什么，伴生的力量，永远值得被歌唱。

一株贴着地面生长在北方的树林里的小草，真诚地说，你们的恩义，我无力偿还，回答它的，是北方树林的阵阵清凉。

更有林立戈壁与大漠的胡杨，它们一棵远着一棵，它们却又一棵近着一棵，不远不近是宇宙间最智慧的距离啊，胡杨林，就这样一如得了明谕般，禅意地林立在北方的大地上。远云如血，映照胡杨，胡杨之气，宏宏如霜。哦，这雕塑一般立体的北方的树林，而又如画面一般神圣的北方的树林。

白桦树在歌唱，沙棘林向天空敞开胸膛，更有白杨与合欢。

我说的是如果，如果灶台很久都没有用了，那就意味着这家人至少是暂时地撤离了故园，而北方的树林不会，苍天将其生于斯，便是其一生不能移动的使命，从出生到湮没，北方的树林，以及北方树林里的每一株植物，都会一直坚持在脚下的土地而从不远离。不管是春天艳丽的花朵，还是夏天的青瓜悬挂在树枝上，不管是秋天里鲜红的樱桃结满了果一直向上直冲云霄，还是凶猛的豹子在雪地上留下的洁白的爪印，北方的树林，都在缄默，集体缄默，并且在一直的缄默里，把来自天空的呼啸的北风抵挡在天空之上，而把大地无私涌注给它的爱意，悄无声息地分散给万物。

北方的树林，就像北方的人，它们很少说话。在一棵洋槐树和另一棵洋槐树中间，挂着一张陈旧残破的蛛网，一只风干了的蝶蛹在碎风中飘飘荡荡，沙蓬倾斜，麻麻草穿苔而过，一只战败的蚂蚁，踌躇满志地向前爬行，滚圆的石头也以沉默漫谈河流曾经滋润过它们身上的每一条缝隙的往事。在四季遒劲的风里，在我的遥远的北方里，树林中的万物相互拥抱，又默默对视。

水低为海，木高为林，万物各有各的情态，万物各有各的谦卑。天地以昼夜日月吐纳生息，人间以婚丧嫁娶繁衍子嗣，而北方的树林，从来不惊扰谁，直到若干年以后，它们中间的某一棵，化成大雪深埋的炭火的炉灰。一棵一棵，一代一代，它们的命运莫不是如此，它们的情怀，莫不是如此，一如普天之下的父母。

有几个人能读懂北方的树林呢？

此时此刻，阳光放松，大地酣睡，就着北方树林的呵护和激励，我喝下一口战栗的酒。

寻野之暮

总也是黄昏，暮色将近时分，每吃完饭，料理完琐事，我都会走出家门，四处去走走。

没什么固定的目标，恰如我翻书一样，风吹哪页是哪页，心里想去哪儿就去哪儿。

大多数时候，是河边，边走边看，看蒹葭，看芭蕉，看桃叶，也看三角梅，看那近处的远处的绿色从容渐变。桂树是不用看的，平素不注意，开花的时候，它自会以浓烈的香气将你吸引乃至你去注意它了，于是，会在那时候突然觉得了平素里颇不以为然的打扮得娇艳的女子，她们，或许是对的。

需要边看边听的，是流水和鸟儿，流水端庄，来得天然，流得平静，鸟儿的进入视线，却常常突兀。唯有南河上那对白鹭，它们来不来，它们鸣不鸣，一只还是一对，就算看不到，我也能在心里想象着它们的美好。

寻野之暮，说起来，这河边其实是最适宜的，东西多，却又清净，符合我的心意，恰如月亮照在村庄上，在春天。

然而，我又不由得想，“野”字者，倘若按照拆字法将其拆解为两部分，即为“里”与“予”，所以，“野”着，看似是向外寻，其实，更是一种步伐与心境在无数个迂回曲折以后的“反求诸己”，其实是向着内心的。

有时候，我也会去镇子上赶场，买什么，或者不买什么，都是其次，核心在看。喜欢看各种各样不同的颜色搭配、各种新奇的东西和设计。于是，常常做些类似于买椟还珠的行为，为了好看的瓶子、盒子和包装而买些或可用，或不太需要的东西。不喜欢塑料制品，总觉得有悖于真实、真诚和真理。竹器或者木质的东西，我会专门站着看一会儿。

完全没有约束，在这里，这里，其实并不是野外，可是，我要的是自在，虚己以游世，泛若不系之舟。我不去触犯律法，我不去违背道德，我不去伤天害理，我不去巧取豪夺，我是个切切实实的正人君子，我坦坦荡荡，那么，在外形上，我的手举得高一些，还是自然下垂，我都是自由的，我是嘴里哼着信天游，还是声线里带着京腔，我也是自由的，我涂不涂口红，抑或我穿着拖鞋，还是长衫，我都是自由的。

当然，我去得更多的，是图书馆，我幸甚至哉，家离图书馆百米之遥，恰如书房。细碎碎拾级而上，须臾我便已身在图书馆了。这里有茶，有咖啡，有书，有灯光，还有月色，和宁静，置身其中，我时常把这里想象成一个村庄。哪怕是在假期放得很长很深远的时候，我依然是这样。谁让我是个异乡人呢？又谁让我生性如此侘寂而哀愁呢？

“请给异乡人一双筷子”，听到这句诗的时候，我一瞬间潸然泪下。李芸说，这不是她的诗，可我觉得，这应该是她的诗。她和我一样，一定是比谁都深刻懂得这句诗背后的漂泊、无依、悲凉、焦渴、无奈和心酸。

我在书架中穿梭，我在灯光下留恋，那些古人们，于是，那些古人们就翻山越岭地来到了我的面前。从小胆小的我，哪怕是在深夜，身在此处，却从不害怕。突然想起有人问庄子，这世间到底有没有鬼怪。庄子说，当它对你产生影响的时候，就有；当它并不对你产生影响的时候，就没有。

那，图书馆里有什么？有无数个才华横溢的文人，和他们各自不同的，跌宕起伏的，抑或多舛哀伤的命运，能在这里留下痕迹的人们，一帆风顺的很少。

突然想起，这世上，只有两个人不让我写作，一个是我的母亲，她担心把我累病累苍老；而另外一个，深知“文学是苦难”，他让我不要写作，简单而健康快乐地活着。也许，这世上，爱你生命和健康大过一切的人，才是真的爱你吧。

我在这些各种各类的书籍中走来走去，摸着它们的书脊，恰似摸着历史的骨骼和大写的“人”字的血液流淌的河流，音乐的、美术的、文学的、哲学的、历史的……

很累很累的时候，我会坐下来，专门看一会儿童画，一个人便“咯咯”地笑了起来。

我学会了逃避哀伤，我不会再在看见花朵盛放的时候旋即想到它们凋零的时候，会是多么令人心碎，我不会再执着于也执拗于那些我无力解开的心结和忧愁，我不再把思想和精力专注于看到人们抑或故事中的人们的一言一行里呈现着的孤独、寂寥、冷峻、疏离。我宁可伸开手掌，让一只迷失了方向的飞蛾落在我的手心里，看着它原本激烈颤动的薄翅因为感受到我手心里的温度而陡然间平静踏实下来，我就觉得，这才是我应该做的事，和我应该看见的美好。

重读《古希腊神话》，注意到了以前上学的时候根本未曾注意到的一个细节，是在首篇《普罗米修斯》中，文章第一段说：“（普罗米修斯）为要给予泥土构成的人形以生命，他从各种动物的心摄取善和恶，将它们封闭在了人的胸膛里。”可不可信不知道，可是，也可以信。只不过，大概，所谓“善良的人的心”，就是白鹿，抑或是信鸽等动物的心吧；而“恶人之心”，也不过是那被猪油蒙了良知和光洁的虎狼之心而已。但是，根本的一个就是，这世上，原来，需要绽放人性光辉。

寻野之暮，也是就这样行走，游走于天地万物若干年岁月以后，我才明白，人，其实是在万物的映照和批注，援引和启悟里，越来越走近了自己，生命之渺小和脆弱，宏大和坚韧，有和无，我注目万物，万物以此法批注于我。

就如此，日复一日，年复一年里，我就这样单调，却也不厌其烦地，于无数个饭后黄昏的或薄或浓的暮色里，走向“我”之外的万物，又让万物走向“我”。若干年过去了，是的，终于，若干年，就这样过去了，终于是比起最初一次的走出家门，心境和眼界，心胸和判识，用一位名人的话说，真的是“逐渐逐渐地觉得一览众山小”了。

一切伟大的生命，最后，都回归了本真，看山是山，看水是水。

朴素的心

当我的羊群四散开来，在这贫瘠的盐碱地上低头觅食的时候，伴着萧萧风声，我看到星光布阵一样的砾石在北方天气的晴光里闪耀着自信的光芒。

映照着初秋季节的薄寒，这世上，有多少人，是和我一样，赤身裸体出生在被称为丰收之季的九月，出生在这蜿蜒向河西而去的北方大地上，母亲含蓄羞涩而笨拙，父亲在廊檐下独坐，清凉的秋风鼓满他的衣裳。奶奶在石磨上碾着糜子，猫儿念经，爷爷的木水桶在深井里摇晃，一个圆的波光，与苍穹相辉映。

我们的父亲母亲，和我们，在这个叫“人间”的地方，相互认领，如同大树生出了叶子，如同一支即将迎战的队伍，和士兵们手中的兵器，又犹如少年之于壮志，而老年之于忧愁，我们从此相互为伴，相互慰藉，以共享这彼此相融而扶助的一生，以及抵抗这无从躲闪的生命之路。

檐下的燕子，和鸽子，来而去往，树上的枣子，被鸟和我吃了几颗，其余的滚落在了草丛里，附近村庄的人们，在轻唱着一支缅怀先祖的歌谣，溪水和泥土的气味，树下的枯叶不需要清扫，置身于浩渺苍穹万物之中，一边凝视，一边倾听，洞察，了悟，频频挽留，而又倏忽离散，绽放和缤纷，红嘴鸦昼夜鸣叫，所有的人，都爱着一点什么，又遗忘着一点什么……

在那时间轻盈的部分里，我们的生命和大自然一样，滴落很多美好，尘埃、雨滴、星光、雾霭，还有雪花，一切都是真的，哪怕是与美好相逆行的波折与疼痛。

“今子有大树……何不树之于无何有之乡。”那是这个世界朴素的心，是的，一切都是真的。

四月的麦地，蓝色碎花的婆婆纳，长河如练，雨的行程坚定而忧伤，大地是它想要去的地方，长霞似虹，它曲美在空中，圆满人们心中未竟的山河和烟火。村头的巨柳在黄昏的金波里轻荡低垂，风留恋在它的树梢，如同少女的发，那是它误以为自己想要到达的此生。万物在坚持和忧伤里，在追逐和放手里，都有着一颗朴素的心，如同你我。

天是一点一点明亮起来的，夜也是一点一点暗淡下去的，草，也是一寸一寸生长起来的，消瘦的田鼠和漫山遍野的蒲公英相互为伴，大地和种子热气腾腾，枝头的小鸟鸣叫得自信，炉火明亮，白雪以清白却不悲戚的面容示以万物，也教导人，谁的衫子泛黄，苔藓静静的绿，八月的井水，把清凉沁入我的心肺，风如长令，雨似小辑，我的鞋底上沾满了露水，可我又好像听到了苏轼的长吟，“莫听穿林打叶声，何妨吟啸且徐行。竹杖芒鞋轻胜马，谁怕？一蓑烟雨任平生。”从遥远的宋朝，穿透了近千年的时间和风雨，像一道夜空下的蓝色闪电，将我击醒。

“七月在野，八月在宇。九月在户，十月蟋蟀入我床下。”穿着粗衣缝寒衣，取来利斧砍桑枝，收了糜子打红枣，割了茅草搓绳索，煮了花葵又煮豆，摘了苦菜又砍柴，献上韭菜献羊羔，出了谷场进庙堂，大猪献王公，小猪归自己，九月寒来始降霜，豆麦和嫩桑，葫芦和白蒿，掉落的松果，蜡染的裙布，叶子从树上掉落，远志结籽……纺织娘有纺织娘的时间，蟋蟀有蟋蟀的时间，缘分有缘分的时间，而“我”，也有我的时间。岁月，万物，和人，和万事万物之间所有的因缘际会，生长离去，都身披一袭素衣，静如画笔，而又最终坠入浮尘，归于本真。

江水流逝，芦苇无名，人间空旷而清爽，恰如一个安静的清晨，又来一场新的春雨，时令，和季节，以清甜唤醒你我，以朴素给我们的心施一次净礼，看雪花，就是雪花，看春枝，就是春枝，满心欢喜。

故园之上的山峦，不知沉睡了多久，一只雨蛙的鸣叫，一朵画中的红莲，一把挂在墙上的落满了灰尘的油纸伞，惊醒了一个南人思乡的美而哀愁的梦境。一瞬间，记忆和历史一样冗长而黝黑，相思和命运一样笨重而幽暗。那些没有故乡的人们，像被上帝之手打碎了的瓷器碎片，一生都将灵魂裸露在风中雨中，命运银灰色的起伏，在这个人间喘着粗气，重缝又拆解，终归于波状的温顺。

我想做一个王国维，抑或一只粗笨的鸟，诗水田园，荒草微云，儿童与狗，花树和猫踪，石鱼与洞穴，暮光和小绿鸭，竹林和斑鸠，苍鹰与白鹿……

对人间琐碎全不知情……

我以一颗朴素的心回忆往事，缅怀万物，恰如春风承载千倾万载之烟雨尘世，在这个没有边界的世界上，徐行徘徊，轻如春云，而又沉如心志。

呼蚕水，竟何以被更名为讨赖河？虽查有史，却终觉得进化更替、时移事易欠那一湾古水从音韵和视觉而起的想象里一个诗意的浪漫，和一腔坦荡的朴素。

我徘徊在地面，我游移在空中，一如众生，众生也一如我。初春的柳丝，涤荡明亮了多少人暗沉一生的疤痕和忧伤，而山野的坟头，却以死亡昭示着空虚和决绝，恰如河流的低语：我终将离去，不回头。

我是我，我又不只是我，我是一个行走的传承，我是一个姓氏的成员，我是一个生命的此时此处，我是我先祖的子孙，我是我父母的儿女，我的嘴里不出恶言，我的心里无生恶意，我行走在人间，哪怕渺小，哪怕脆弱，清光微闪。生命漫漫离离，总不离良善，祸福起起落落，总不失德养。人性的美好，是我们想要去的地方，我们都有颗千疮百孔，却洁白朴素的心，一如万物，磨难，峥嵘而明媚光耀。

天空凌驾于荒野，又彼此反观，彼此赞叹；大海与晴空相映照，在同一的辽阔和蓝色里，它们认出了彼此；以河为界，泥沙相互为岸；灯光和星光，一样照亮人间；雨是雪，而雪就是轻盈洁白的雨。这人间，太多不知名的事物，这人间，太多没有着落的爱，万事万物，在相疏相离里，竟也相互成全，和懂得。这灵动而又深沉的哲理啊，也有一颗执着而朴素的心。

你信不信，星星是越看越多，而并不在于真的有多少，而鸣声必将越来越低，而并不在于你出山的路，它到底是否真的没有尽头。难仿佛很多，很多时候，只不过是你情出自愿，自困于心。当一个人的心失去本真和朴素，他的苦难就来了。当一个人说茇茇草是羊茅草的时候，他的灾难就来了。

人之爱人惜人，概想一己肉身化身艾草，以愈他七年之疾患又如何。彼人若不自悟，神仙都救不下他。我只看到，生命的孤独在增加，仿佛孤船载独客，夜行浪中。我只是不知道，在心灵慌张之际，他是否还会忆起，村头，每当月亮升起的时候，伫立在村头期待他放学归家的母亲，彼时彼刻，是多么深切地在盼着她的幼子归来的，那一颗慈爱、朴素的心。

我欲言又止，我却只能沉默审视，我一无所有，除了一颗真挚、无奈而朴素的心。

所以，让山泉就是山泉，让沙砾就是沙砾，让银鱼就是银鱼，让新草就是新草，让黑夜就是黑夜，让暗沉就是暗沉，万物朴素，人心朴素，数据和尺度恰到好处，真实而精准，新造的火车方能穿行，精美的瓷器才不会被打碎，我们的人生才不会坠落。

许多路，已经走到尽头，不然人们不会驻足停留，凝视远方，回忆过去，一个摇摇摆摆的孩子，他已经能行走了，然而，当他在这人间里，经由无数次汗水被风吹干衣衫，到他老年，他已经不急于穿过任何森林和山谷了。生命，不管中间途经了多少，最终也是从简单走向简单，而从朴素走向朴素。

一个蝌蚪一只青蛙，一粒种子一棵树，一支青茎一朵花，一个婴孩一个人。有多少生命，到了最后，也只是，也终是放弃了对山峦的热爱和挑战，对体力的自信和挥霍，也终将卸除对失去和无能为力的遗憾和恐惧。一切都终将化成一颗朴素的心。

风吹醒时间，也吹醒我。众水奔腾狂欢，却也在高寒处坚硬寥落，繁花也曾覆地，蜂蝶狂舞，终却也似泥土为尘，无所踪迹。

我悟的有些晚了，但也不晚。

我不走了，爱和灵魂死去的地方，经风涤荡，白云更轻，也更干净。

朴素的小路，在我面前铺开，我跟随着一只远古的蚕，在逐渐压低的天空下，怀着一颗无我的心，独自行走，以真心和朴素，白白的月光，在我两旁，渐次解开。

找春

每年的春天来临的时候，我都会提着一个竹编的小篮子去田野里，去河坝边，去山坡上，甚至去水沟里，寻找春天。

也许是逐渐从寒冰里解冻的泥土吧，也许是从冰块变成的流水，也许是一团柳絮吧，也许是一株破土而出的不知名的野草，可也许，是一朵开得很浅很低的野花吧，紫色的，或者白色的，总之是冷色调。不是彻底的无色，也不是泫然的大红大紫，是徐缓，从无到有的，也是从冷到暖的一个过程。可也许，会是一声蛙鸣，或是一声鸟叫，或者，是一只黑白两色的蝴蝶柔弱地扇动它娇嫩的翅膀。

所有的这一切，这一切细小的，变化的，新来的物象，它们在诚恳也谦虚地昭示着春天，也描绘着，诠释着，小心翼翼地展示着春天。

它们是多么美好啊，那么稚嫩，却又那么有力，像新生的婴孩，令欢喜的人更加欢喜，也令忧愁的人忘却忧愁而心生欢喜。

我觉得我的寻找春天，就是为了忘却忧愁而来的，是为了疏解心里的块垒。“行到水穷处，坐看云起时”，我不但看云，看春天的云，也看春天的花，春天的草，和事，和人，和一切能够使我的内心获得疏解和开悟的东西。

我什么都不能做，为了忘却忧愁，我只能在胳膊上挎着，或者手里提着一个竹编的小篮子，去那河坝上，去那田野里，山坡上，水沟里，一朵花的叶瓣上，或者在一株草的破土而出里，去感受和获取别样的生命力和信念。

诗《有限的冒险》中说：“我身上这件干净的僧袍，是我前生的一张地图，我对一些地名了如指掌，而对另一些地名一无所知。”

我们是要进入一些不熟悉的领域，感知和获取不一样的力量的，比如说在熬过了一个漫长的寒冬以后，进入一个新的，不同于旧年春天的那一个新生的春天。

我看到山坡上生长的一丛一丛的菖蒲，我不知道它们是不是《玉台新咏》里《孔雀东南飞》一诗中所说“蒲草纫如丝，磐石无转移”中的蒲草，我也不知道它们是不是同一类，或者是同一个科属，可是，这种生着蓝白伞状花朵的阔叶丛生植物，在这西南地区的陡坡上山野里，到处都是，而不是像在北方的人们那里，只几株，仿佛照顾孩子一般精细地培植护养在花盆中的小娇羞了。再向远处望，金边吊兰也是，美人蕉也是，大丽花也是，南方的草，真的是北方的宝……

我突然意识到人，真的是“物以稀为贵”的。

这样想着的时候，我恰好走到一条河边，春初来，河中央没什么大水，只在最低洼处奔流着透明的清溪，大约是河道中调节水位的巨大石板，两块石板中间有一人腰粗的下陷，最下面也是青石。

我把我的竹篮放进了水里，倾斜，一只手拉着，就那么地看着水流涌进竹篮，却又从另一方无一例外地流走，这可真的是“竹篮打水一场空”啊，反而是湍急的流水，差点连我的篮子都带走了。

打水无果，心下有些失落，但是，转而一想，那流水本就不是我的啊，是我要自己抢占人家的啊，瞬间顿悟了，人，不要想去得到原本不是自己的东西，免得最后，那东西没有得到，反而连自己本来就有的东西也被带走了，比如说我手中的这个篮子，比如有人说，在一场情事中，最可怕可悲的，不是你失去了你爱的那个人，而是你为了这份情、那个人，而失去了你自己，你自己的天性和快乐。

关于这个篮子，它的来历，那是很久很久以前，也是一个春天，也是我独自来到河坝边找寻春天的一个日落黄昏。那时候，我手里什么都没有，我就那么一个人徒手徒步地徐行在南河左岸，日光的金点子随意地泼洒在岸边茂密生长的美人蕉和满天星上,高大的桂花树蓄意着一场浓香的盛放,河水浅且清白。就看到一位老人，斜坐在桂花树下的竹椅上，用一把利刃劈开一管青绿的竹子，神情专注。我走上前去，蹲下来，用手摩挲老人脚下尚未劈开的青绿的竹竿，和那已经劈开，成了均匀的纤细长条的竹篾。

我没有说话，老人也没有说话。暖风如阳，水声潺潺，偶尔一声小鸟的啁啾，为这个立体多彩的春天增添了一个维度的生动和繁密。桃树上轻轻飘落下来的花瓣，像是那啁啾鸟儿漂亮的羽毛，给我的眼睛和心绪抹上了一层透明的薄膜，那么柔软，那么细嫩，而又那么此生只此一回的神奇和无可替代。在这西南地，有多少老人，是把他们的时光打发在棋牌室里的啊，而又有多少老人，常年困在怀抱儿孙里不得闲，抑或病痛里。我想眼前这个老人，他是有福气的，他能够在这样一个景色佳美的黄昏，气定神闲地坐在这晚风的轻柔里，闻着来自春天的全部新鲜的生长的气味，听着这潺潺水声和啁啾鸟鸣，而手里又做着自己喜欢做的事，我竟无端地猜测，他的心下，必定是欢喜的吧。时光在静里动着，在动里，也就那么安逸祥和的地静着。

也终于是我开口了，我扬起头，望着老人家，说："您，能麻烦您受苦费心帮我编一个竹篮儿吗？"

听我这样说，老人家往下更低地低了一下头说："我是编背篓的，还没编过竹篮呢。"

我笑了一下，继续摩挲着老人脚下的那些竹篾。

"我可以试试，你要好大的？"

老人家是说，我需要多大的。我用两只手就比了一个很大的西瓜大的圆说："大概就这个样子大，就很好了。太辛苦您了。"

老人家没有抬头，却继续对我说：“三天以后，你来这里取。”

我道谢欣然而去。

三天后，我带着小女儿如期赴约，一眼就看到了老人站在路边，手里高举着一个青绿竹子编就的不大不小的篮子，看到我走来，说：“为了专意等你来拿这个篮子，我今天没有拿着椅子和竹篾来编背篓。”

些许感动，篮子是如此精美，大小合适，简直令我太欢喜了，女儿也欢喜不已，抢过去一把抱在了怀里。看着老人脸上的笑容，我忙询价。老人笑眯眯地说：“三十。”

我觉得便宜了，我说四十吧，没想到老人却说：“我一直只编背篓，这个不会，就只编这一个，再也不编了。就三十吧，就当要了。”

我心下感激，就说，那要么再给我的朋友编一个，我是想我的那个朋友一定会很喜欢，而且，我到时候多付一些钱，老人却说：“再不编了。”就收费之后，告别了。

于是，这只篮子，就成了无法重复的唯一一个篮子了，它与我为伴，它与我为朋，它与我一同徐行，也一同倾听，徐行在时间流畅不打结的风线里，也倾听那来自大自然的和我的内心的一切的水声和鸟鸣，以及那崩塌似的苦痛和拔节似的生长，抑或彳亍，抑或狂奔，抑或零落，抑或繁荣，也是青石青板的雨巷，也是人声鼎沸的闹市。

于是，在那之后的每一个春天，花开漫说时节的时候，水流徐动万物的时候，我都会提着那个独一无二的篮子出来寻找春天。我想，那位老人对于生活的平静与和气，他内心的气定神闲，和不看重物的随和与淡泊，也是我所苦苦寻找的春天的内容之一吧。

终于，在我就那样漫无目的地找寻了若干个的春天以后，我的心，对于春天的思量和感知，不自觉走进了一个纵深的幽静处和顿悟处。

找春，找的是什么？

原来，我所寻找的，不是一株蒲公英的清香，一棵清明菜的绵软，抑或一朵桃花的明媚，一盏满天星的细碎，而是，我所寻找的，是对生命的体察和顿悟，是对自己心灵的开阔，明澈和清洗，是体谅缺陷，是包容失误，是不苛求圆满，是把生命和心绪，是把命运和机缘，向更平坦处走，是向更宽阔处行，是向更悲悯恩慈中体悟心察，是让自己的生命不会一味只朝着陈旧和衰老颓败下去，是，允许一切发生。

是找寻力量，也找寻方向。

卡夫卡说："要什么样的文学？我们需要什么样的文学？我们需要的是像利斧一样的，能够劈开我们心中的冰川的文字和文学。"我想，我所寻找的春天的模样和意义也是，是能够像利斧一样，劈开我们心中的冰川的春天，它能和它并生的万物一起，劈开我们心中的冰川和块垒，而让我们的心境走向一个更加明澈、包容、悲悯、和煦与平静的天地。

第三辑 · 苍凉的风从脸颊吹过

那只白鹭飞起来的样子
把所有的云
都比下去了

羊群和荒野
他们的自在和悲凉
像极了父亲的心

我闭上眼睛
风
吹开了花朵

——窦小四

陈秋生坐车

等了很久，一辆满身尘灰的大巴车就停在了站牌前。

陈秋生找好位置坐下之后，就开始闭目养神了。

没多久，车里就嘈杂起来，这是从秦安县城通往陇城镇的公交车，坐车的也大都是秦安人，偶尔会有个别的非秦安人，但是也都是周围县乡的人，口音虽然听起来有差别，但是，相互之间完全可以听得懂。

十几分钟后，人已经坐得满得不能再满的时候，车辆就启动了。

随着车辆摇摇晃晃，大部分人就开始昏昏欲睡安静下来了。

两个女人的声音就格外清晰起来。

“唉，也真是命苦，你说她男人年纪轻轻咋就没了呢，扔下她和两个娃娃可咋过啊！”

“依我说啊，她还是再找个人嫁了的好，不然，她一个女人家，又没有个来钱的门路，三个人还要吃饭，两个娃还要念书，这日子难熬，说不上两个娃的一辈子就耽搁了。”

“她都三十几了，还嫁个啥！”

陈秋生听得揪心，他心想，三十几的女人很老了吗？唉，一个女人家带着两个娃娃，多少个汗流浃背的白天，又得多少个孤独寂寞的长夜，才能熬到两个娃娃长大成才，而她自己终至于垂垂老矣。

一个人的不幸的命运，从别人嘴里说出来，只需要三言两语很简单，可是细想起来，那该是多么漫长的多么艰辛的日日夜夜啊。

“那要是万一找个不好的呢？没本事不说，还对两个娃娃不好，那她不是更可怜！照我说啊，她还是再不要跟人的好，一个人咬咬牙吃几年苦，现在念书也花不了多少钱，等两个娃娃成才了，她也就开始享福了。”

…………

反反复复就是针对一个苦命女人的处境，以及她的将来应该如何过，这两个女人各有各的想法，两个女人讨论到最后，也只剩下叹息，都叹息，连陈秋生也在心里叹息，也开始为这个女人的处境难过，那个苦命的死了丈夫的女人，过来过去都难了。

因为车辆摇晃，真正睡踏实了的人其实不多，所以，陈秋生又想，其实，因为那个女人而心里存着难过的人也多。

正在气氛沉闷的时候，突然传来一声尖叫，然后是一声圆球跌在地上的闷响，正是刚才说话的两个女人中间的一个。原来，不知是谁放在货架上的一个不太大的柚子从上面掉下来了，正好砸在了她的头上，这女人开始边摸着头边笑着骂：“这是哪个死恰的把个圆犇犇的放这么高还没放好，差点把我的头打烂了！”大家一起大笑起来，而那个淘气的金黄的柚子，随着车身的颠簸，还在车厢里滚来滚去。

这时候，从座位上站起来一个皮肤红黑粗糙的男人，一边追赶着捡起他的柚子，一边开玩笑地说：“这个软软的，打头上能有多疼！他姨姨到底是妖得很。”

那个女的没生气，但是开玩笑地嘴也不饶：“你说不疼，么不打你头上试试？看软着呢还是硬着呢？”

陈秋生也禁不住“扑哧”地笑出声来。

柚子也捡起来了放好了，被砸的女人也头不疼了，车厢里大家的笑声也渐渐小下去将要消失的时候，横空里却突然传出一个女人的尖叫。

“天老家，不得活了，我的钱呢？”原来是另外一个一直没有说话的女人，发现她的钱不见了。

她一边四处寻找一边急切地用她不大的拳头捣那坐在她旁边的儿子：“你个死恰的娃娃还睡着哩，赶紧醒来帮我找钱，我的钱不见了。”

那个正在熟睡的十五六岁的男孩从睡梦中醒来，一边用袖子抹着嘴角流出来的涎水，一边嘴里不耐烦地嘟囔着：“哎呀，哎呀，吵死了！”

女人越发焦急起来，旁边一个人就伸过脖子来问：“她姨姨，到底多少钱，把你急成这样子了？”

“一百个元哩！”这样说着的时候，女人的声音已经有了哭腔。

旁边问的那个人就又说：“你寻寻，看你装到哪个口袋里忘了。”

女人又着急忙慌地四处找寻，终于在她座位后面的缝隙里找到了，车厢里又恢复了安静。

“一百元哩！”

从女人的语气里陈秋生知道，对于一个庄户人家，一百元已经是不小的一笔钱了。

人生啊，就是这么喜忧参半，似乎无比沉重，却又似乎无处不在出现着不经意的欢乐和喜剧、动荡和波折。

下了车，陈秋生想买点东西，刚走进街边的小卖铺，一个老汉就骂骂咧咧地进来了，骂儿女不太孝顺了，买的好烟钱又多还不经抽，说他要的是数量不是质量。此情此景，不禁令陈秋生笑起来，笑着的陈秋生想，难道天下的男人都是这样吗？因为他自己以前也干过这样的事情，拿贵点的烟多换一些便宜的烟。

陈秋生是赶回老家给才去世一年的父亲烧纸的，事完以后他又折返，也就是说，没过多久，他又从老家到达陇城，要坐从陇城到秦安的公交车离开。

正等车间，只见对面驶来了一辆车，车门一开，呼啦啦，像彩色的蝴蝶一样，从车门处蜂拥而下一大群十五六岁的少男少女。

正在愣神的陈秋生，不知道怎么的，望着他们，望着这一群正值少不更事、青春年少而活力无限的孩子们，不由得想，他们，这群孩子中间会不会有那么一两个，会活成车上那两个妇人嘴里所谈论的那个女人的左右为难的艰难处境；而又会不会有那么一两个，会活成小卖铺中那个用贵点的烟换取便宜的烟的那个老人的样子；而他们中间，又会不会有人活成像他今日一样，一个人从遥远的他乡异地奔赴老家，给新逝的亲人烧纸，而加量加倍地感受着这种凄凉。一年半以前，他还和父亲一起来过陇城，谁知道似乎只是短短一瞬间，他们父子竟然阴阳两隔，永不能再相见了。

望着眼前这一群未谙世事的少年，料想着他们无法预知的将来和命运，想起父亲，又想到自己大半生的不易和艰辛，还没上车的陈秋生，悲从中来。

“满了，满了，走！”司机催促起来。

因为走神而最后上车的陈秋生没有座位，只好扶着车身站立在车厢里，站在车厢里的陈秋生望着前方，右侧车窗还没关，冰冷的北风从窗户灌进来，他不禁打了一个哆嗦，是啊，已经到了冬天，这突如其来的北风，让冬的寒意又深了一层。

青葙

“啪啪”的声响从空气中传来，高远的透蓝的天空，因为这声响，仿佛更加高远，清冽的空气，也因为这声响，显得更加冷清。

是她的母亲。她没有叫，她不敢叫，因为如果她叫出声，换来的必定是更重的责罚。

她双臂环抱在胸前，用她瘦弱的胳膊护佑自己。

那时的我还不懂得退步，而我也不敢上前阻拦，我被眼前的一幕吓坏了，躲在半开的门扇背后。

我知道她为什么被打。

白天的时候，她在巷子口遇到了我，胳膊上挽着一个磬笼，笑着对我说：“走，给猪拔食去。”

自己不是一直羡慕她整天可以不用上学自由自在在山野间奔走吗？我突然间胆子大起来，说：“你等我。”然后飞快地跑进巷子，蹑手蹑脚地进家门，把书包放在了厦房的炕沿上，就随便在门口提了个不知道是干什么的竹笼，一溜烟地跑出巷子，和她会合了。

山绿水绿庄稼绿，花红日红小脸红，就这样，她在玉米林子里钻进钻出，我也跟着她在玉米林子里钻进钻出，她在洋芋丛里蹲下去，我也在洋芋丛里蹲下去。

我看到一条一指宽的颓圮地搭在洋芋蔓上的白色带子吓了一跳，以为是一条蛇。她却一步跨过去捡起来，说："这是蛇蜕下来的皮，给我爷我爷肯定高兴。"说着就迅速地卷成一个小白卷儿揣在了兜兜里。啊，少年的我，好羡慕她的胆子和豪气啊。

不一会儿，她的磐笼已经满满高高的了，看起来很重，一下子提不起来，她就先用两只手提起来一点儿，至膝盖，再迅速地弯曲腿，用膝盖顶了一下笼底，那只很笨重的装满了猪草的磐笼就可以挂在她的右胳膊上了。而我的竹笼里，只稀稀拉拉几根断须，刚刚遮住笼底，还老茎更比嫩叶多。

我惊叹地说："哎呀，哎呀，馋女，你真能，三下两下就拔满了一笼笼，我怎么就只有这么点。"

馋女就使劲又往上提了提她沉重的磐笼说："我经常做这些，你是念书娃娃，地里的活儿干得少。"

我们两个就有一搭没一搭地往回走，走到巷子口的时候，馋女说："你先回，我歇会儿再回。"我心里其实一直在害怕母亲找不到我，所以就点点头先回去了。

第二天是个星期天，一大早我就手里拿着一坨馍馍去找馋女玩。

然而，门刚一推开，我就看到了……

馋女，唉，馋女，原来，和我一起拔猪草的时候，馋女拿了别人家的一只很大的瓠子，藏在那只她手挽着的磐笼里，不敢带回家，就拿给了奶奶吃。奶奶不知道那瓠子是哪儿来的，还以为是媳妇孝顺了，让孙女给她的，就出去说，被馋女的母亲知道了，一问，馋女扭扭捏捏了一会儿就说了，说是她从别人家的地里拿的。

其实，馋女不只是做错事的时候会挨打，就算是她的母亲自已有什么不如意的时候，馋女也会倒霉。

再一个周一，下午放学，我没有回家，我坐在巷子口的大石头上等馋女，果然，没多久，她就又手挽着那个磐笼从大路走向了巷子，走向了我。

我站起来，胆怯而愧疚地迎接她，仿佛昨天是我的过错。

她看到我，远远地就笑起来。笑起来的馋女在走到我面前的时候，放下了挽在胳膊上的磐笼，拉着我的手问："小金，放学了怎么还不回家？"

我看着馋女手臂上的青，摸着馋女手臂上隆起的印痕，落下泪来。

"疼吗？"

"疼啥？不疼，过几天就好了。"

尚小的我以为，以为我那时候所眼见的，也是最不能接受的事情了，然而，根本就不是。

只过了没几年，馋女就被许配给了别人，因为馋女的母亲贪图彩礼。

定亲的那天，馋女是穿了一回新衣裳的，穿了新衣裳的馋女是多么美丽啊，苗条的身材端庄，长长的辫子乌黑，神采飞扬。馋女似什么也不知道，只欣喜在新衣裳的好看里了，神采飞扬。神采飞扬的馋女偷偷塞给了我两颗糖，欢喜地对我说："小金，你要好好念书，我听人说，书念好了就有糖吃。"我点点头，崇拜地望着似乎一下子长高了的瘦瘦的馋女。

短暂的欢喜之后，馋女的日子依旧回到了以前，破旧的衣裳，散乱的头发，瘦削的脸颊，忙不完的活计。

白雪白时捡树枝，黄叶黄时扫树叶，秋风冷时织毛衣，挑不完的泉水，担不完的肥，背不完的麦子，割不完的玉米秆，除不尽的杂草，拔不完的胡麻……

吃饭的时候，在最后，永远不是新做出来的饭菜，正年轻的馋女，在别人吃完以后，才头上顶着野草地蹲在灶台下的麦草堆旁吃一碗残汤剩饭。

又过了两三年，馋女就出嫁了。

出嫁之前的有一天，刚刚放学的我，就在巷子口硕大的梧桐树下看到了馋女，奇怪得很，那一日的她，看起来比平日害羞，两只手绞着短促的衣襟，扭扭捏捏地看着从远处走过来的我。

我觉得她有事，就很高兴很快地走向了她。

“咋，有事啊？专门在等我？”

她点点头，害羞地笑了，蜡黄的小脸，高瘦的颧骨上，竟然洇出些许罕见的红晕。半晌，她低着头对我说：“小金，过几天我就要到他家去了。”

其实就是出嫁，我心里一阵难过。

我说：“哦，那……然后呢？”

馋女低着头，用低得不能再低的声音，蚊子一般对我说：“小金，我是，我是想让你给我起个好听的名字，你知道，大家都叫‘馋女’，我其实不喜欢。”

是啊，村里人都叫她“馋女”，是因为她“嘴馋”，大家都说她嘴馋，馋到什么程度？就是只要看到野地里、树杈上的随便什么东西，只要是能被她揪到手里的，她都会快速地塞进她干瘪的嘴巴里胡乱地嚼几下后迅速地咽下去。

其实，只有我知道，她不是因为嘴巴馋才这样，她饿，她其实是饿。

给她起个好听的名字？

对于才十来岁的我，这好像是个很大的难题。我望着馋女的眼睛想了想，又低着头想了想，还是没想出来。于是，我就对馋女说：“咱们先回家好不好，等我想好了告诉你。”

馋女就高兴地点点头拉着我的手跑进了巷子里。

可把我难住了，什么样的名字，才是好听的名字呢？我搜肠刮肚半天，还是没有想出一点名堂来，于是，我偷偷地打开了母亲的嫁妆箱子，翻动起了父亲宝贝似地压藏在箱底的那些颜色古旧的书本来。

终于，在一本我不大懂的，似乎是医书的内页里，看到了两个很顺眼的字“青葙”。

青葙，我不太清楚后面那个字的读音，但是，“识字不识字，先识半个字”，我大致估摸，这个字它应该就读 xiang。我之所以打算选这两个字作馋女嘴里所谓好听的名字给她，是因为，在那个古书上，就在“青葙”这两个字的旁边，画着一幅画，是一种植物，叶多，圆而润，白净的穗子，明媚皎洁，花枝耸立向上。馋女太瘦了，我希望将要嫁出去的她能够过上好日子，像书上画的青葙一样，逐渐变得白净圆润起来。

又一天的下午放学，远远地我又看到馋女在巷子口那棵硕大的梧桐树下等我了。我就高兴地跑过去，在她面前摊开了我的手心，说：“快看，我给你找到了一个好听的名字。”

她急切地捧起了我的手心，看了半天，说：“叫个啥？”

我说：“青葙！你以后就叫青葙吧，大概是一种好看的草的名字，可以吗？”

“青葙，青葙，青葙……”在反复地念了好几回之后，馋女突然高兴地跳起来，说：“越念越顺口，越念越好听呢，那我以后就叫青葙了？”

我急急地朝着她点点头，说：“嗯，嗯，嗯。”

“我是有名字的人了，我是有名字的人了！”这样欢快地叫嚷着的青莉，竟然将我抱起来在地上转了好几圈。

嫁出去的馋女过得怎么样，细节与日常我是不知道了。

只碰到过几次她回娘家。

看到我，她总也是欢快地过来拉着我的手，小金小金地叫。只要有旁人叫她“馋女”，她总会急切地告诉人家说：“我有个好听的名字啦，叫青莉，你们以后就叫我青莉哈。”大家就都笑起来说：“好好好，就叫你青莉。”

然而，有的人还是改不过口来，依旧是“馋女、馋女”地叫她。青莉的脸上就显出不悦来，也不再吭声。

然而，纵便是我给她起了一个好听的名字，青莉的运命始终不好，跟着丈夫在外做馒头卖的她，操作机器时不小心，被搅面机搅走了左手的三根指头。于是，村里那些不大清明的人，就嘻嘻地笑着对偶尔回娘家来的青莉说：“这一下子，你真的成‘残女’了。”有一次，面对着我，听到这句话的青莉，低着头落下泪来。

然而，更悲惨的事不是这个，怀孕了的青莉，在九个月之后，生下了一个软骨的儿子。她的母亲不管她，而她的婆婆，说她连个全娃娃都生不出来。

再回娘家的青莉，看起来比先时更憔悴了，目光呆滞，任凭旁人怎么叫她，馋女或者青莉，她的眼睛里都没有或喜或悲的神情了。

那以后，我再也没有见过青葙了。我只听人说，青葙“跑了”，跟着一个走村串巷的换头发换线的货郎跑了。

白雪白时依然有人捡树枝，黄叶黄时依然有人扫树叶，秋风冷时依然有人织毛衣，麦子黄时依然有人背麦子，然而，不管是多么想念，我是的的确确再也没有见过青葙了。

大约十四五个年头以后的某一个晴天里，是冬日，我和新婚的丈夫正走在白雪耀眼的马路上的时候，忽听到一个尖尖的声音唤我：“小金，小金，是你吗？”

我惊愕地朝着声音传来的方向看去，一个身着豹纹长款大衣的女人，独立在不远处的马路边儿上，正在朝我挥手。

“青葙！竟然是青葙？”我的脑袋一瞬间嗡嗡直响，是她，是我日思夜想念念不忘了很多年的我儿时的玩伴青葙，依旧是小眼睛、高颧骨，只是，她的个子似乎长高了许多，而整个人的气息和身段，还真的如同我给她起名“青葙”时候所愿望的那样，叶多圆而润，白净的穗子，明媚皎洁，花枝耸立向上。

似曾相识又恍如隔世，我急切地向她走去，而她也急切地向我奔来，泪水迷蒙了我们的双眼。

经年未见重相聚的欢喜和激动过后，我和青葙拉着手聊了很多。她告诉她这些年的经历，说她那时受不了了，跟着那个货郎跑到了外省，两个人先是在工厂里打工，小有积蓄以后，就承包了很多地种棉花，种了几年后又开了个制衣厂，生意还好，开始领养了一个女孩，日子宽裕了以后，给了前夫家一些钱，把婚离了，和货郎正式结婚后又生了一个女儿，现在一家四口很幸福。这次是离开老家以后的第一次回来，父亲去世了，母亲再待她不好，也还是要回来看看。提起母亲，青葙低下了头。

风雪中，我和青葙紧紧地握着彼此的手舍不得松开。

回到家里，炉火红彤，时隔二十多年后，我才又想起深究一下“青葙”这两个字的意思。翻开字典：青葙，又名“青葙子”，一年生草本植物，夏秋之间开花，花色淡红，可供观赏。种子叫青葙子，可入药，有祛风热、清肝火、明目等作用，其花语为“真挚的爱情”，也有独立、勤奋之意。

二十二元

“这个自习，能参加的，有条件参加的同学，自愿参加。一个月时间，一人二十二元，是纸张钱。”说完了这句话的老师走下了讲台，拿着笔和本子，开始统计参加的同学的名单了。

轮到我的时候，我站起来，低下了头，不敢说话，也不敢看老师的眼睛和老师手中的纸和笔。

老师也并不催我，我能感觉到，他非常耐心，可也是内心里充满了猜度地在等待着我的答案，参加还是不参加。

沉默了半晌，我终于鼓足了勇气，给老师说：“老师，我不参加。”我的声音小得连我自己都听不见。

老师就用稍微大一点的声音问我：“为什么？”

我没有说话，我只是低着头，用我的眼睛看着我自己的手，我的瘦弱的手不停地绞着我的陈旧短促的黄褐色上衣的衣襟。

接下来的日子令我心慌得有些难熬，可是，那难熬的日子却又奔跑得十分迅疾。

我是多么希望接下来的那个周一永远都不要到来啊，我是多么盼望着老师能把这件事给忘掉。

然而，像一堵厚重的黑色的土墙一样的周一确实来了，它确实准确无误地矗立在了我的面前，它也确实准确无误地来到了我的老师面前。

教室里鸦雀无声，老师走了进来，他走上了讲台，开始逐一念出需要补交二十二元的学生的名单。

在我战战兢兢终于无可避免地从老师的口中听到我的名字时，我和在我的名字之前被念到名字的同学一样，快速地低下了头。

那是一九九八年，是的，是一九九八年十二月份的北方，清晨六点多，天还很黑，只高阔而遥远的天际上，清醒地布局出一绺黛青似的蓝。我只瞥了一眼，便很快地右拐，又很快地走过了教室侧面的那十步之遥的台阶以后，我就又很快地右拐，再走五六步路，我就完全把我自己淹没在教室的屋檐下那厚墩墩的黑暗里了。

我踮着脚，我背过双手去，我用后背和脚底贴近了坚硬而冰冷的墙壁，我用牙咬着嘴唇，我抬起头望着我眼前的在稀疏而昏暗的灯光下娟娟地飞舞着的黄褐色的雪花，以及在那扬扬地飘舞着的雪花背后不远处老师们的寝室，那是一排土房子，和更远处兽脊一样隆起的乌黑的山峦，以及被漆黑将它们和那山峦连接在一起的影影绰绰的高高低低的树，我强忍着不让眼泪流下来，我不知道我该向哪里去借钱。

突然，我突然就想起，在附近，就在这附近，有我的一位亲戚，他家是比较富有的，那么，我能不能先去借二十二元回来交给老师呢？

我踌躇了好久，我望着娟娟又扬扬飞舞着的在昏黄的路灯下的黄褐色的雪花，给自己鼓了一次又一次勇气，终于，我迟疑着走近了我的那位亲戚的家。

他家的院门敞开着，他住的房屋里灯火通明，我依旧是迟疑着不敢敲门。

巧不巧，他却拉开房门出来倒水。出来倒水的他，就恰好看到了已经被漫天的雪花下得盖住了头发和眉毛的十六岁的我。

他招呼我进去，他让我坐下，他温暖的房间里温暖的气息很快融化了那些堆积在我的头发上和眉毛上的雪花，然而，我内心里堆积的胆怯却依旧如冰凌一般硬生生地矗立着。我不敢坐下，我只是低着头，用我的瘦弱的双手绞着我的陈旧而短促的黄褐色的衣襟，不敢说一个字。

我的亲戚，他不说话，他弯下腰，从他的熊熊燃烧着的火炉上的三个雪白的花卷中，挑出了一个已经烤热了的花卷递到了我的手上，然而，我依旧不敢抬头，我不敢说话。

他就坐在了他的床边上，从桌子上的烟盒里抽出一支烟。抽着烟的他，又重新把脸转向了我，在烟雾缭绕中，笑眯眯地问我：“狗娃儿，你到底咋了？”

再不说就白来了，而且再不说，我是根本就不会再有旁的任何办法可想了。这样想着的时候，我就终于说出了我想借钱的事。

他沉默了片刻，又抽了一口烟，抽完之后，他又沉默了片刻，沉默完之后，他又用劲抽了几口烟，就这样，那支夹在他指间的烟就被他抽完了，我依旧站在刚进门的位置，不敢动。

良久，似乎是下定了决心，使劲扔掉了烟屁股的他，就走了过来，走了过来的他，一边语气很凝重、很吃力、很无可奈何地给我说："狗娃儿，真个没，对不住你，没了没办法，这两个花卷已经烤得很热了，你拿回去吃吧，念书娃娃不能饿着念书，天气还这么冷，在下雪。"

在听清楚了他的话以后，我迅速地把之前他放在我手中的花卷伸手放在了离我近旁的他刚才拿烟的桌子边儿上，然后朝着他深深地鞠了一个躬，对他说了一声谢谢之后，就转身把自己瘦弱的身体投进了茫茫的风雪之中。

我果断而勇敢地走进了教室，我不再惧怕老师询问的眼光了，我走到我自己的位置前，坐下来，开始收拾自己的书本。

然而，当我还没有收拾结束时，我们的老师就走了进来，他看到了我，他看到了我脸上的严肃而沉默的表情，以及方才在路上又飘落在我的头发和我的眉毛上的厚厚的白雪。

他径直走了过来，他轻轻地摸了摸我的冰凉的头顶，弯下腰把我的已然装进书包里的书本一一掏出来，端端正正地摆在了我面前的桌子上，然后，把他的右手向他的左胸的口袋里伸了进去，掏了半天，终于掏出了一把零碎的钱币来，数了数。他说："娃，够二十二元，你现在坐下，安心学习。"

我坐下来，趴在桌子上，泪如雨下。

三块汤钱

有一回，和几位记者朋友讲故事，旁边一个男孩听我们讲得有趣，就说，他也要给我们讲一个他童年的故事，于是，我们安静地听。

他说他那个时候上学，学校离家很远，单程要走三个小时的山路，不管多么小的孩子，都得走，都得自带大米和咸菜，其余，就是汤的问题，每个人每周带三块钱去买。他说，汤是附近的农民用大桶从山上挑下来卖给他们的，一毛钱一饭勺。

就有一周，家里怎么也凑不够那三块的汤钱，母亲就老早去给村里一个人说好了，说能不能借给她三块钱，给儿子带到学校打汤，对方答应了。

到了下午两点钟该去学校的时候，母亲带着才三年级的他去那家答应好了借给他们三块汤钱的人家拿钱。可是，对方却不给了。

川渝之地，一家和一家之间住得很远，已经没有时间去另外的人家借了，不然按天黑他赶不到学校了，都是山路，母亲又担心他的安全，他实在太小了。

那个男孩子说，他们母子两个就站在离那家人家不远处的山坡上，他看到豆大的泪珠从母亲眼中吧嗒吧嗒直掉下来，洇湿了脚下的土地，山风吹得母亲被汗水打湿了的头发凌乱。他说他强忍着泪水，走上前去，给母亲说："娘，没得汤就没得汤嘛，你看我身体这么壮，没汤怕什么，吃干饭就够了。"

后来，他说："我到了学校，我就把我的作业本撕了，做成了很多小纸片，上面写着一等奖一块，二等奖五毛，三等奖三毛，这样的小纸片，当然，更多的是空的，没有奖品，而且，一等奖只有一个。"

"我就喊同学们来抓，一毛钱可以抓一次。可谁知道，第一个人就抓走了那仅有的一个等奖。"

"然后，他就伸手朝我要那一块钱，可我哪有一块钱给人家呢，我就说，先欠着，等一会儿给你。"

"结果，只一会儿，我手里就有了很多钱。"

"那时候没有钟，过了一会儿，我抬头看看太阳，预计时间差不多了，老师要来了，得赶紧收了，不然的话，这钱肯定就没了，还要被老师罚。我赶紧说不抓了不抓了，就赶紧停了下来。果然，不一会儿，老师就来了。"

"除了支付给那个唯一的一等奖的同学一块钱之外，我趁着没人数了一下我手里的钱，足足有九块钱，够三周的汤钱了。”

“回到家里，我就一伸手，把那九块钱展在了母亲面前。母亲非常吃惊，马上问我，是不是偷了别人家的东西和钱了，说着就抬手要打我。我的可怜的母亲，任何时候，放在心头第一位的，永远是儿子做人的品德。”

“于是我就将我究竟是如何赚到这九块钱的过程，如实详细地告诉了我的母亲。谁知道，我的母亲的神色立即暗淡下来。”

他说：“我知道我的老实敦厚惯了的母亲神色暗淡背后的难过，她是觉得我用不该的手段巧取豪夺了同学们的汤钱而使得他们没有了汤喝。我也知道我的清贫自守惯了的母亲神色暗淡背后更深的难过，是她的儿子我，为了三块钱汤钱而做了不该做的事。神色暗淡了母亲更深地低下了头，泪水顺着她的脸颊又流了下来……”

“母亲连着两次的泪水，击碎了我的心……”

时间如同静止，一切都仿佛回到了过去，回到了那个空气的湿润中漫洇着苦涩的，一个母亲没能为她的才八岁的儿子借到三块钱的汤钱的那个山风凄迷的下午……

“从那以后，我就不读书了。”

他抽了一口烟望着我，继续说：“我其实特别感谢那第一个就把唯一的一等奖抽走的同学，正是因为他的一下子就抽中了大奖，才使得后面的同学们争先恐后地来抽奖了，不然，我也不会那么顺利地赚到那么多的钱了。”

我能看出来，他在讲后面这段话的时候，表情里有感谢上天其实是给了他机遇的感恩，也有和他的母亲一样觉得自己对不起同学的愧疚。

突然，他问我："你说，要是那天，那个人真的借给了我三块钱汤钱，我会不会就念成书了，我会不会就也和你们一样成了大学生，而成了一个光荣的人民教师了呢？"

我低下头没有说话……

半晌，我问他："后来，后来，在社会上，吃了很多苦吧？"

他说："是，商场如战场，戒备和算计不温暖。当然，我也遇到很多好人，但是，总之一句话，实在是太不容易了。"

这样说着的时候，我看到他的眼睛里噙着泪水。我知道，此时此刻，他的脑海里蒙太奇一样反复回放的，一定是和幼小的他一起站在半坡上的山风里的，他的因为儿子去学校没有三块钱的汤钱而头发凌乱的母亲，豆大的泪珠吧嗒吧嗒掉在泥土中的场景吧。

这个世界上，能使得一个人放弃一生前途命运的，能使得一个人突然改变航线的，能使得一个人变得无比脆弱的，也能使得一个人变得更加坚强的，永远是爱，而不是恨。

且以繁华掩苍凉

突然说起汉字之妙，沈先生给我举了一个例子，是关于母鸡下蛋，说有人因嫌弃他家母鸡下蛋少而慢，于是便拖长了声调说："一天——一个，一天——一个！"而也有另外一个人夸奖赞叹他家母鸡生蛋勤奋且高频，是加急欢乐的语调，也说："一天一个，一天一个！"节奏很急。

个中神妙，懂的人自然懂得，我笑得人仰马翻。

事隔三天，问沈先生在做甚。

沈先生言："浇树。"

"什么地方？浇的什么树？"

"自家田埂，浇的梧桐树。"

"树木千万种，何以是梧桐？"

"梧桐栖凤凰，只有种好了梧桐树，才有凤凰来。"遂示我以清濯之老泉，满水之双桶耳。

云高高，山叠叠，沈先生所居村落在西北一隅，荒草寂寂，风像刀子一样坚硬笔直，空气里无有水分，人户罕迹，如何就能来得了凤凰？何况，这能够“来仪”的神鸟，它或许亘古就未存在过。可是，沈先生胸中有诗意，心下有凤凰，并且还要为它种下满田满地的梧桐。

突然觉得，生命受到了感染，我只觉得四下里生出金色的和暖光耀与盛世繁华来了。

自病以来，满眼是悲伤，满心是荒凉，不曾想，一只若有若无的凤凰，居然让我愿意张口说话。

四月四日下午，落日的余晖例行农事般，照进了阿阳城中心医院的十五号病房。

“大，我要回去了，我还要吃药，反正就是挂盐水么，在你跟前也是白站着哩，饿了你就买着吃去，不要舍不得钱。”衣饰鲜艳的，据说是大女儿，说完这句话，回望了一眼僵硬在床头柜子上的半碗牛肉面，就自顾自走了。

“好好好……”老人用力放大声地应着，却兀自低下了头，用他右手的五根指头联合掌心，在反反复复捏攥着被子的一角，他的手在发抖。

小河的水在流吗？蚂蚁黑小的身子，在柳叶上闪闪发亮吗？还是那一日的晚霞在悄无声息里，逐渐暗淡了它的光泽？我不知道，关于老人的内心，我不知道更多。

他的攥着被子的手，是他在自己给自己寻找不悲伤的力量吗？还是，他只是在压制他的孤独和愤怒，不让它们溢出来？

从那以后，直至老人出院，除了他的小女儿来过，也是短暂地停留了不到一个小时之外，再没有人来探望过老人，据老人自己说，他有两个儿子、三个女儿。

母亲，我自己的母亲，她其实虚弱到了极点，却在清醒的间隙里，用她最大的声音对我们说："操心，操心老人家的盐水，没了，叫护士。"尾声太弱，怕我们听不到，于是，她拼力地用她的右手指了指我前面所说的这个临床的孤独的老人。

母亲是突然的脑出血，左手不能动。

一株桃花，水培在母亲的病床头，那是父亲送给母亲的花朵。

我从枝头把它折下来，远远地跑过去送给父亲，我调侃我的父亲："这朵花呢，您可以送给您的妻子，她一定会很高兴的，因为，这是您送给她的春天呢。"

听了我的话，父亲的脸上布满了笑容，慎重地端持着那支桃花在胸前，一直走到了病房。持着那支桃花的父亲羞涩，羞涩的父亲，用他的右手很快地抹了一下他的鼻尖。

七岁的源源宝贝就走过来，从她的爷爷手中接过了花朵，径直走到病床前说："奶奶，这个是我爷爷给你送下的花儿，你赶紧收下。"开心的母亲同样是用她的右手接过了花朵。

母亲笑了，父亲也笑了，我们，都笑了。

春天，毕竟是春天，它不主动和人类打交道，而我们人类，一直在向它寻求缓释和力量，繁华与鲜活，生命力，接续。

恰好，有想喊山者约我去看桃花，便也去了。

高山之上，苍穹之下，漫山遍野的山杏花、山桃花，氤氲的气势，繁花以繁华完完全全遮掩了彼冬肃杀的悲凉，我与这个春天，终究，没有彼此错过。而那个喊山的人，也自圆满了他内心里的温柔，与悲凉。

古风忽又来，桑梓也依旧，半春之时，山川之态，也羞，也不羞。

想起正月十二那日，小雪，却不足以洇湿天地，自去爬山。

黄土漫漫，山脊嶙峋，费尽周折，终于也是上了山顶。

正埋头找寻荠菜，就听到一阵砍伐之声，也轻，也缓，能够听得清晰，斧头轻缓之下，是疲惫与无有心力，那斧的划痕，经由空气，是曲软的。

抬望眼，就看到一个年近六十的男子，低着头在砍伐田埂边野生的胡杨树苗，表情凝重。

我望着他，一言不发。

他觉察了我凝望，似自言自语，又似告之以我，哪儿都去不了，只好强找个活儿干，来伐胡杨枝。

三日后，又去，他身边多了他的妻。

于是，也不闪避，二人讨论起我的身份来。

“像是 ××× 家的女子，小时候圆圆的，没几年，长了这么大。”妻子说。

“像又不像，不像又像。”那位男子，吐了一口烟圈附和说。

妻子径直朝我走来到了近前，衰弱的声音问我：“你是 ××× 家的女子吗？”

我笑了笑，说：“我不是，我是西台窦自强的四女儿。”

“哦哦哦，那就不是的，你父母亲好着哩。”男子迅速接话，“你父亲我们都知道，能干得很哩。”

“哦，真个像 ××× 家的女子。”妻子的表情，还沉浸在对她记忆中那个女孩子的样子的回忆当中。

看我温和，妻子兀自说起话来，似自言自语，又似告之以我：“还小得很，我家的老二，开拖拉机种地，说没了就没了。”

我心下一惊，站了起来。

她低头以胡杨短枝扒拉荒草细又长，风在草中钻，草在风中颤。

“唉，没了就没了，谁知道，没多长时间，把个孙女，就是我家老二的女子，又给没救住。”

我心底彻底慌乱吃惊起来，原来，许久之前听说的那个在天水上班，小假期间为了帮父母耕种地而开拖拉机殁了的男子，竟然就是眼前这对夫妻的儿子。

还有那个小囡囡，在朋友圈里，我曾看到过她……

“总之把两个没了么，她姨姨，你说，我们这做父母的……咋不让我俩死了，把娃娃留下，好好的。”妻子自顾自说着，眼角流出泪来。

做丈夫的看妻子情绪失控，走过来宽慰制止：“你又咋哩？风这么大的，天这么冷的。”

我慌乱心疼得不知道如何安慰，一如祥林嫂一般失去丈夫，又失去阿毛，她们的悲伤太满了，不说出来，太难受了。

“阿姨，您别难过，其实，这个世界上的人，其实，各有各的难处，各有各的痛处……”

我觉着了我的语言的苍白，可苍白还未白尽，远处一个男声略带呵斥：“那是个谁嘛，不要给乱说话，往回走。”

我看到一个壮年男子，和几个，大概是他的亲邻，在不远处，是真的在伐木，几棵粗壮的木头倒在地上。

“那是我的大儿子……”

“不让小的好好的……心口疼着吃不下，夜晚里睡不着，只好出来砍树枝，在山上转转，透透气，找个事情做，日子就能强往前头走……”

妻子低下了头，风吹不干泪水，做丈夫的，走过来，给她系紧了被风吹松散了的头巾……

旷野寂静，荒原辽阔，他们的心，我的心，一同，比旷野更寂静，比荒原，更辽阔……

庞培说：“我爷爷去世那天，我开始写诗。”

他还说：“就在那天，我很平静，我不难过。”

我无端地猜想，庞培之所以不难过，他是不是觉得，他的爷爷，终于是卸下了尘世间的沉重，而终于找到了归处，就此安稳了？

关于那对夫妻的悲伤，当时，我没有答案，可是，当我读到庞培，我突然很渴望，很渴望他们能够获得庞培式的平静，而认为自己的儿子和孙女，是找到了，或者说回到了最是没有风雨飘摇、辛劳坎坷的安稳的去处了。

这样，他们就不悲伤了。

然而，他们终究只是凡人，他们的悲伤终究是太大，他们的痛楚，肯定依旧是盘桓在他们最细腻的心中，无法释怀。

谁，才能够真正救赎他们，让他们的心灵得以平静呢？

想起沈先生的一问。

我只作不知答案。

沈先生便告知我："因为黛玉，是宝玉心中的神，不容亵渎。"

是的，人间有黛玉，宝玉有归处。

放眼望人间，满世界都是四处寻找家园的人，物质的家园，精神的，家园。

心安处，归处……

我们的时代，在一个不经意间，却又好像由来已久地寻找"活着的意义与重量"。或者，到最后，重要的，有意义的，并不是关于这个命题的答案——生命，它本身到底是什么。而是，"追寻"。"追寻"本身，在以因果和循环、思考和沉淀的方式，阐释着、奔走着，也闪耀着生命繁华与鲜活的光彩，以之掩苍茫。

我们的幸福

倘若不是清明时节，大约，我也是想不起有这么个人，这么一件事的。

我不愿意称她为我的朋友，只好说“我认识的一个人”。

我认识的一个人，之前，因为并不熟悉彼此的为人，就稀里糊涂做了朋友。

某一日，她说让我陪她去给她的亲人上坟，大约她是胆小，我便去了。

那时，虽是初冬季节，天气却已经十分寒冷了，漫山遍野的枯黄和萧索，跋涉许久才到了坟地，半人高茂盛蒿草的密深处，小小枝丫的沟壑里偶尔白兮兮一星半点残雪。

能看得见的三四个坟包从东向西一字排开，个头逐渐变大，及至最后一个坟茔，上面并没有一丝半点儿柴草，干净得像个荞麦面蒸就的馒头，她的亲人新死。

未及我反应过来，一声干厉的号哭破空入耳，从远山转过脸来，只见我认识的那个人以身匍地，如同一只倒扣着捕捉虫蝇的右手，倒在那最新的坟茔上，抓一把黄土叫一声娘，随即涕泪横流……

惊吓之后，我瞬息间被眼前的悲凉苦痛的情景感染，立在风中流下了泪水，失怙失恃之痛，谁人不悲。

她一直哭，口中念念有词，意思大概有以下几种：娘啊，您活着的时候，我太忙，没顾上照顾您；您有病，一直念叨让我带您去看，我也是一直要带您去看的，可是，还没来得及，您就走了，一点机会都不给我；娘啊，您有一次说想穿个羽绒服，因为您听别人说，羽绒服比棉衣暖和还好看，我是想着这个过年就给您买了，最后您看我一直不买，就给我了六百元让我给您买的，娘啊，不是我不给您买，您咋就不等等我，这六百块钱，您让我咋花啊，狠心的娘啊……

她的眼泪的汹涌，她的声音的号啕，她的动作的夸张，让凡见之者不能不为之痛心疾首，然而，后面发生的事情，让我看清一些事。

她对我并不曾有警惕，什么话都给我说："我大没秋衣了，我给我姐姐打个电话让给买上。"

"我大说他想吃挂面，我给我弟弟发个信息，让给买上。"

"我大说他想要个智能手机，好和我们视频，你看我个兄弟，并不给买，不买来不买去，说老年人用智能手机哩，还有辐射。"

仿佛怜惜的话说了几大箩筐，我却从来没见并不贫穷的她给她的已经做鳏夫的父亲真的买过哪怕一点点什么……

有一天晚上，她三叔打电话来，说她父亲，也就是她大，在桌子上散下一大堆烟灰之后，半夜三更人不见了，让她和女婿赶紧去找。

她并没有去找，却给我发微信说："这么冷的，你说我到哪儿寻去哩？你说呢？"

我心里一阵惊跳，忙翻身坐起来，发语音给她："你赶紧去找吧，老人呢……"后面的话，我不敢说，沟沟壑壑的……我不敢说，大概是我一直心窄的缘故，那一刻，我下意识联想到许多。

见她无动于衷，我以为她有难处，我素来知道她男人的脾气，有可能不允许她半夜出去，哪怕是这样人命关天的事情。

我就说："你出来，我陪你去找。"

谁知，她十分淡然："闲着哩，我大一把年纪了，他知道照顾他自己，出去散心了。睡吧！"

我不知道那一夜，她是否安睡，我没有睡着，一眼都没有。还好，第二天傍晚时分，是她的几个叔叔，从附近的一个工地上找到了她的父亲。老人家没钱用了，子女又不给，思考了也委屈了数月之后，终于在一个晚上，在不知道掐灭了多少个烟头之后，终于不顾寒冷危险，半夜里步行到了临县，是想显个志气，自己养活自己。

我无法体会那位老父亲深夜风雪独自走向门外时候的内心，我和她的友谊却因为我在心理上对她的这种种行为的疏离而淡漠起来。

我想，她彼时彼刻的心情，应该很复杂，而我的心情，也很复杂。

从那以后，我彻底断绝了和她的来往，也从此在心理上并不承认我曾经有过那样一个朋友。

我想起我的二姐，千禧年初，我刚上大学，而她也刚刚在重庆的一所大学就业。那时候，父母还在苦撑着供养除了大姐和二姐外的六个孩子的吃穿和上学用度，就是这个姐姐和姐夫，从自己并不高的工资里，每个月都拿出大一部分来帮助父亲供我们上学。她和姐夫，从来没说过半句他们自己困难的话。

一直到很久以后，有一次说起以前的难处，二姐哈哈大笑着说："有一次，刚发了工资，你们开学，我们就把工资的大部分汇给大大了，屋里没有面，只有米，我还怀着乐乐，可是我想吃面，但是没有钱去买面，你哥哥，就变着花样地折腾米，蒸米饭，炒米饭，拌米饭，顿顿米饭……"

我们都哈哈大笑起来，笑出了泪水。

从头至尾，姐姐姐夫对我父母，依旧是十分孝敬。

去年八月，作别了还在美国访学的姐姐和还在读书的外甥女，刚刚赶回重庆才喘了口气的姐夫，独自一个人清晨四点多便去江北机场搭乘飞往天水的飞机，去特意看望我远在张家川的父母，因为父亲生日。在家团聚了几天，在给我的父母留下一笔钱之后，就又匆忙回了重庆，他的事业做得很好，还有许多事情等着他去忙。

我曾经赞誉我的这位姐夫，说他是世界上最贤最美的女婿，他听了之后，红着脸连连摆手，谦逊地说："不能这么说，不能这么说。"

我曾经各自问过姐夫姐姐一个问题："为什么要这样不顾一切孝敬父母啊？"

姐姐的回答是："趁着父母在世的时候，好好对待，让他们少受点苦，万一哪天他们不在了，我就没那么后悔了。"

而姐夫的回答是："爸爸妈妈（他一直这样称呼我的父母）在并不富裕的年代，养活了八个孩子，都还供着上了大学，这是相当罕见的，爸爸妈妈值得人尊敬，我十分尊敬他们。"

我的姐夫，从大处、高格局上对我父母的理解和对待，让我们大家对他，也十分尊重和爱戴。

每逢寒暑假，父亲或者母亲，总会突然拿出个东西来问我："狗儿，这是个啥？我咋不会用。"

"狗儿，这是个啥？咋做着吃哩？我还不会。"

我一看，都是姐夫在并没有告知姐姐的情况下，断断续续给我父母邮寄来的新鲜奇特的各种东西。

我很感动对我的姐夫，他的事业做得大，是有原因的，一个人的胸怀有多大，他的世界就有多大，他的幸福也就有多大。

而至于我的姐姐，她大约也不知道什么“渡人是渡己”这个道理，可是，她用朴素的语言说：“我就没那么后悔了。”其实就是在渡人也渡己。

前几天刷短视频，看到一个视频：一只垂着的右手，和一只比正常人的手小许多但是能灵活动弹的左手，而那能自如动弹的左手，在轮椅经过路旁金黄的油菜花的时候，却把花朵撕扯下来，乱弃乱丢，落英遍地……

我看到后面有个评论的点赞数很高，那句评论是：“唉，不知道怎么说，粮食也有生命，人的福气，是一点一滴积攒下来的……”

这个小视频让我又想起文章开头所说的那个我认识的人。

因为对她的行为存在很大的困惑，我曾经和她有过一次谈话。

我问她：“你相信在我们现存的这个世界之外，有没有存在另外一个世界，一个空间，一个时间的流，或者说是一种力量呢？”

她没有正面回答我，却低着头给我讲了她的一个梦，她说：“在我娘去世前七八天，有一天，我梦见我娘去远郊地里种玉米，突然间倒在地上了，我当时吓坏了，哭着从梦中醒来。后来，没几天，我娘就突然脑梗去世了。”说完，她的头埋得更深了。

原来，她的心也曾困惑，可是，她的行为呢？

后来，虽然我和她不来往了，可是，因为离得近，关于她的消息，却也并未彻底断绝。说她的娘之所以那么早死去，是因为没有被善待。

关于这一点，在我和她还好着的时候，她也给我说过，说她大对她娘不好。可是，她说她父亲也受苦很多。

以我的理解，所过的生活越艰难，人的心肠应该是越加慈悲柔软，更应该珍惜所拥有的。

我十分喜欢《红楼梦》第二十九回：享福人福深还祷福，痴情女情重愈重情。这一回，贾母她们出行的场面十分令人震撼。但开始，让人十分不解的是，在这么一个奢华热闹的场合，作者为什么会突然安排一个可怜的小道士出现呢？

蒋老师说："贾家人那么享福，她们还求什么呢？如果不懂惜福，有福也会变没有。一个小道士的出现，王熙凤上来就一巴掌，众人都喊打，只有贾母不让为难这个孩子，贾家人对他不同的态度，正是反映贾家后代不懂惜福。"

有福就要惜福，惜福才会有福！善待自己是有福，善待他人就是惜福！

贾母是《红楼梦》中最有福的人，看看她是怎么"惜福"的。在第二十九回中，她是这样对待那个小道士的。

原文如下：

"贾母听说，忙道：'快带了那孩子来，别唬着他，小门小户的孩子，都是娇生惯养的，那里见得这个势派。倘或唬着他，倒怪可怜见的，他老子娘岂不疼得慌？'……'珍哥儿，带他去吧。给他些钱买果子吃，别叫人难为了他。'"

贾母一再强调别唬着他，别难为他。

生在这太平盛世物资丰足的时代，人人都是有福的，但人人就都知道“惜福”吗？

人一旦“被”生出来，就都由不得自己了。阳光有，欢乐有，春风有，鲜花也有，可是，皑皑白雪有，漫漫长夜有，生老病死更有。比我们人类强大的，光大处，就有地震、海啸、火灾、战争……各种人力所不可抗的何其多，生活本身很不容易。那么，单薄的幸福，如果再不靠着我们去爱惜、去维护，那么该如何呢？

昨日愈益多，明日愈益少，只合今日好好过。

声音里的凉意

眼前一株细文竹，它默不作声，我默不作声，然而，我确信，它毫无疑问在生长。

而我呢？我突然觉得自卑，在一株细小的文竹面前。相比于它，我如此庞大，我如此精美，我如此丰富，可是，我为什么做不到如它一般安静，一般笃定，一般淡然，一般以不摇不曳之姿、以不骄不躁之态，只是从容不迫地在这四时里安静地生长？

我听见雨，非常个别的雨滴，拍打在硬物上，发出不规则的吧嗒声，旋即是破碎，一如我的心境，人们都睡了吧，只有我独自感受从窗外渗进来的凉意。

一辆什么车，从不远处呼啸而过，切割开了这夜的沉寂。

想听久石让，想听《雨》，不敢，我怕那声音里的凉意，使我无法独自在这里坐下去。

时间将所有的过往都洗劫一空，只留下这一盏灯，此刻，当下，亮在我众所周知的孤独里。是众所周知的孤独啊，我从来不知道掩饰我自己。

高人看我，说我是“我是”的状态；世人看我，则像个傻子。

碰到友人，给了一个小礼物，说：“这个我准备给弟弟的，碰到你了就给你。”

过后，同去的人说：“你一点儿都不会说话，你就说你是专门为她预备的。”

我突然觉得伤心，我为什么要那么累呢？我是真诚地给了她啊，不然我就不会拿出来。

风在窗外呼呼啦啦，我知道，它划不着夜空，因为，这季节和世事背后的秋意太凉了，如同我的心。

菩提的种子，冤孽的种子，皆是从心而起的吧。那个叫“菩提”的女子，她不笑的面容上，也有一丝凉意。

念及此处，突然想打破沉寂，于是问妹妹：“如果有个人要送你七夕礼物，你想要什么？”

妹妹小孩子气，哈哈大笑说：“要个硬盘。”

又转过去问姐姐，姐姐觉得我无聊，却又不好不理我，只好说：“要个玩具车。”

然而，我什么都不想要，我觉得什么都没有用，我只觉得悲凉。

这是白天的事，夜晚，比白天更悲凉。

我很钦佩很久以前的人，能够在食不果腹、衣不蔽体的年代里，将那日子过得红红火火、风生水起。

想起父亲讲的一个故事。

说几十年前，很早的时候，正月里耍社火，众人齐心协力，人人高高兴兴。

劲头最足，最卖力的那个爷爷，耍完就回去了。

人们再隔墙看的时候，他竟然在用力地一边拉紧着腰里束着的一根绳子，一边在喝凉水。为什么？因为充饥！

我不知道，众人窥见他的如此情态，是否被他知道了。我也不知道，假如这个爷爷知道他背着大家喝凉水的事被人知道了，惊愕与难堪之际，他该如何向人们掩饰。

“杀贼，杀贼……”弥留病榻的辛弃疾，嘴里念念有词，喊着这两个字，已然听不懂诏书宣读任命的他，尚知道自己的敌人是谁，所爱是谁。

这个夜，我什么都没做，我只是在听声音，来自耳旁的，来自心中的各种声音，以及感知它们自带的凉意。

西瓜很红，葡萄很乌，茶叶在杯子里，不漂浮。

其实，我应该享受这样的时光。

然而，无缘由，我只听得到来自四面八方的声音。

幸福是一种能力

一直认为，幸福是一种际遇，是老天也对你好，是人们也都对你好，是你什么也不缺，是你一直被万物宠爱。

可是，后来，我才发现，幸福，它其实是一种能力，和外界并没有太大关系。

有一首诗《给我逝去的老祖母》，写的是什么呢？

写诗人亲爱的老祖母，每次搬家的时候，都会把一个旧包裹紧紧地抱着，还不让任何人碰。

于是大家都以为，那包裹里，一定是很贵重的物品了。

可是，后来，后来大家才知道，被祖母紧紧地屡次怀抱着的旧包裹里，只是一种普通的玻璃纽扣。而老祖母之所以这样，是因为那玻璃纽扣，是她的初恋送给她的。

然后，诗人在最后写下了这样一句话：

你用一生相信

它们和钻石一样美丽

是人，是老祖母自己，用了一生这样一个持续漫长的时间，来保留一个物，来不忘一件事，来惦记一个人，哪怕他早已远去。

幸福，是自己给自己的庄重，是自己给自己的持守，是自己给自己的厚重，是自己给自己的对于美好事物的沉浸和迷恋。

类似情形，估计很多人深有体会。

一个你爱的人，送了你一个小配饰，本来不爱戴饰品的你，是不是就一直戴着，任何时候，任何场合，并且不管多久，你都会永久地保留着它，永远不会去更换，生怕丢掉，闲来无事，抚摸一下，只要它在，你就是心安的。想起他时，再抚摸一下，那种甜蜜和幸福，就如同源源不断的细流，在尘烟四起的生活疲惫里，滋润这干涸的心，也催生着你脸上的笑靥。

这个小配饰，其实和老祖母的玻璃纽扣一样，是一种由自己的执着和信念，和自己向善向美向纯洁，向笃定向信任的美好品性留给自己的念想和快乐。

重复，和旧，换一个角度看，其实是一种力量，也是一种幸福。

有时候我们走得太快了，东西坏了就换，人情坏了就抛弃，于是，一切就都没有机会在精神里沉淀，漂浮的东西，流逝得也快。

匆忙地赶路，忘了我们其实应该走走停停。我越来越觉得，停下来，是比赶路更考验一个人的定力和智慧的事。

幸福是一种能力，寄托和给予一个人幸福的东西，不一定需要很贵。

有一段时间，我觉得了深刻的孤独，没有人和我说话，我也不爱和谁说话，日子就在那样的寂寥里只往深里耗。

有一天，我看见一个小孩，带着她的奶奶在一旁和朋友打桥牌，这个小姑娘便只好自己玩耍。

地上除了一小堆沙土之外，什么也没有。

我仔细地看，这个还不到四岁的小姑娘，只是蹲下来，用自己稚嫩的小手，把低处的沙土推上去，等堆尖足够高的时候，她又把它压平，等沙土完全又平铺在地上的时候，她就又把沙土用她稚嫩的小手，一把一把重新堆积至高高尖尖。

就这么个简单的动作，小姑娘自己玩得不亦乐乎，也有鼻涕流下来，落在了沙土里，也有些许沙土，灌进了她粉色凉鞋里，她细软的头发也垂了下来，可是，这都没有影响到她的快乐，因为从头至尾，她一直笑嘻嘻的，自娱自乐，时间就这样过了整整一个下午……

我想起了西西弗斯，那个曾一度绑架了死神让人间没有死亡而触犯了众神被惩罚永无止息重复推石上山的西西弗斯。

我们又何尝不是西西弗斯呢?

一瞬间，我泪流满面，我觉得我还不如一个小孩子，竟然失去了对付寂寥而让自己幸福的能力。

我可以快乐起来啊。

从那以后，任何时候，我都不再觉得孤独了，也不会觉得无聊了，我觉得了这个世界上无处不在的善意和美丽。

从那个小姑娘那里，我学会了自己和自己玩耍。

生命对每个人只有一次。

幸福是一种能力，是自己给自己的一种其实是天生具备了的能力。

泰戈尔说："世界以痛吻我，我报之以歌。"

是的，不管天空是在刮风还是下雨，我们都应该把生命看成一件珍贵的事情，爱它，温暖它，美丽它。歌唱，是一件多么美好的事情啊，它不需要非得在维也纳演播大厅，也不一定非要是世界著名男高音女高音，只要活着就应该歌唱，把生命诠释得美丽。

幸福是一种能力，就像自己用自己的手抓住筷子往自己的嘴巴里喂饭一样，心灵的保暖，和肚腹的保暖，是一个道理，是要自己给自己。

《文子·精诚篇》讲："圣人不惭于影，君子慎其独也，舍近期远，塞矣。"多侧面解读，大概也是同样的道理，端正自己的心，端正自己的行为，凡事大小，尽量求诸己，不愉快少了，等于是快乐多了。

《围炉夜话》中有这样一则，我觉得说得也很好："夙夜所为，得毋抱惭于衾影；光阴已逝，尚期收效于桑榆。"意思是说，我们每天的所作所为，没有一件暗中想来有愧于心的；人生的光阴虽然已经逝去，但是总希望在晚年能看到一生的成就。

无愧便为有福，有所成就，便更幸福，故而，也少不了自己勤谨，而我们都有双手，这双手就可以给自己幸福。

修身也好，修心也好，全在自己。

我见过不少人，一旦遇到事情，就四处寻医问药。可其实，往往，做出最后决定和承担最后结果的，其实只有自己。

越来越喜欢简约，很多事，看透了，就省去了中间环节，觉得很轻松。

所以，幸福是一种能力，对待它，就像我们对待很多事情一样，其实只有你自己，就已经足够。

诚如加缪在他一九四二年写的散文《西西弗斯的神话》一文中得出的结论：“人一定要想象西西弗斯的快乐，因为向着高处挣扎本身足以填满一个人的心灵。”

第四辑 · 暖白如月

暖，是桃花开

是从宋词里泅出来一个婉约的女子

泅过柔软的时光的彼岸

行那渡者的船

直到八十岁，她也没有忘记

母亲生出自己时　孩童般的眼睛

——奚小四

行走在汉丰湖边儿上

我的心在沉寂了一小段时光之后，出发了。

我走过南河边上那栋赭红色的厕所，穿过遮盖厕所屋顶的茂密的竹林，左手，斜下慢坡，就走到了南河的边儿上，抬眼望，总也会看到白鹭，一只凌傲地划过天空，抑或两只比翼双飞。在晴天美丽的光影和水影里，这白鹭的纯白、南河两岸茂密的绿树和红色的花朵，把这本来钝重的天地，装饰得活泼而有生气。

直行六百米许，就到了汉丰湖边儿上了。

这“汉丰湖”到底有什么样的魅力，竟惹得我时常想去看看它呢？它，不过是一池碧水罢了。

然而，之于人世与人心，我想它的迷人之处，远不止是一池碧水。

当然，它首先是一池水，水者，它清，它静，它凉，它温柔，它笑而不语，它动而不喧。它是地处南方的水，它永远不会结冰。

在白天和在夜晚时分，汉丰湖水的颜色是不一样的，甚而，在一天到晚的十二个时辰里，它都在风的轻吹里，在云的投影里，在对岸青山的逶迤里，在我正在站立的这汉丰湖的岸边儿上的杨柳树与花丛的点缀里，甚至在人声的交错里，它无时无刻不在变换着它的颜色和波纹。

这个世界上有孤立存在的东西吗？没有，何况，汉丰湖，你美丽如斯，而丰富如斯。

西南地，虽雨水丰沛，也偶有水位下降的时候，淹没在湖水里的通往湖水更近处的台阶就显露出来了，堤坝上各色植物丛生，芦苇之姿尤为显眼，芦苇尖之色逐渐转红，直至深秋渐成祥瑞之紫，进而成为犹如慈悲老人的苍苍白发，它走过四季的风，它站立在四季的风，它舔尝四季的风，它陪伴四季的风，它也，它也曾意图挽留四季的风，然而，这阵风过，那阵风过，一阵风和一阵风是不一样的，最后，所有的风都走了，带着芦苇尖芦苇叶甚而是芦苇根茎上的香气和生命力，走得无影无踪，最后，只留下这坚韧而痴情的芦苇，从生到死，忠贞地陪伴着那美丽如斯而又丰富如斯的汉丰湖。

而这温柔美丽的汉丰湖，却也对得起芦苇的坚守和忠贞，它是在每时每刻地以它的水润滋养着它的啊。

在湖边，我行走得总是极为缓慢，仿佛不舍得错过汉丰湖微波荡漾的每一个细节，我时常想，其实，我也是一株生长在汉丰湖边儿上的芦苇，我来的时候，二十几岁，可如今，即将不惑，那不正是一株汉丰湖边儿上的芦苇的宿命么?

天地浩大，人物一理，没有谁能够逃得过由幼及长，由长而衰的必然命运，不管你是一个人还是一株草，而唯有这天地日月永存不朽，而那与日月一样永存不朽的，所离我最近的，还有这美丽而丰富的汉丰湖。

我尤其喜欢黄昏时候的汉丰湖，一切随着光影的柔和和闪烁，都慵懒起来了，太阳缓缓落山，阳光的线条也变得柔软而清纯了，这金黄的光摇摇缓缓，给湖水，和对面的青山，和近旁的树木，都涂抹上了一层金色的辉光，有时候，随着建筑物和月光的折射，这湖水竟会呈现宝石一样的蓝色，于是，春之朝气、夏之丰腴、秋之静美和冬之安谧，都一并生动在这一波湖水中了。

行走在汉丰湖边儿上，那些婉约的心事，那些旖旎的往昔，甘甜抑或苦涩，渐次涌向心头，那一时刻里的我们，是最忠实于自己的，没有不得不处理的公务，没有不得不面对的人和事，一切都是最贴心的样子，湖心里的那一对曲游缠绵的黑天鹅，它们是最原初的一对吗?

行走在汉丰湖的边儿上，一应的福祉都来了，我的心是静的，是清的，是明亮而充满了好看的色彩的，我想，所有行走在汉丰湖边儿的人们，他们的心境也都是如此吧，不然，他们的神情为什么是和我一样的微笑而满足，欢快而安宁，那是一个人的盛世啊，一个人的盛世，没有烦恼，没有痛苦，更没有所谓的“人的三千疾”，一切都舒适安逸得刚刚好。

行走在汉丰湖边儿上，我时常想，写作不就是灵感和纸张的关系吗？而我之所以写一波湖水，也不就是写灵感和纸张的关系吗？这离我如此之近的，美丽而丰腴的汉丰湖，这一波无私而坦荡的湖水，不就是用它多情而曼妙的影像在我心灵的纸张上描画出最美的、最静的，也是最雅致最深刻的表情和灵魂吗？

行走在汉丰湖边儿上，我时常觉得，这水，它没有宏大到张扬，却也没有谦和到卑微，它的姿态，它的样貌，一切都是刚刚好，刚刚好的温良，刚刚好的气度，刚刚好的安和，刚刚好的晴暖，刚刚好的年华，甚而是，刚刚好的动荡。

行走在汉丰湖的边儿上，我时常觉得，这一湖清水，它远比天空生动，它远比大地淘气，它微微地动，它轻轻地喘，仿佛无时无刻不在流露出一个人的温度、情感、活泼与生气来。

行走在汉丰湖的边儿上，我不禁想起，不知道有多少个本地人痴迷似的对我赞叹："我们这儿最适合生活了，气候又好，物产丰富，消费又不是很高，巴适得很，安逸安逸。"我们且不管这一切是不是真的，我是被他们的精神感动了，那是一种类似于植物拔节一样向上生长的力量，这生长，这向上，带着如同子女对于母亲天生而天然的爱戴和尊崇，也带着人类对于自己生存期间的大自然的热爱和欢欣，是一种看到，是一种知足，也是一种感恩。

潋滟汉丰湖，淼淼灵开州，行走在汉丰湖边儿上，我觉得整座城市，都是沾了汉丰湖的光了，沾了它的灵气，它的温柔，它的宽和，它的包容，它的气度，以及它面对生时的坦荡和面对死时的开阔。

一方水土养一方人，我想，正是因为这一城之中有这一水，这里的人们，才有了秀美的容颜，和谦的气度，和儒雅的风骨。

这里的人把我们北方人通常说的“赶集”叫“赶场”，北方人的立集是单双日，而这里人立场是 257，或者 369 模式。

每每有场的日子，都热闹非凡，我也曾去过，去赶场的我，时常会看到那么一两个白发苍苍的老妇人，她们背着洁净的背篓，背篓里总也是清白的鲤鱼或者鳗鱼，她们的虽然旧的衣服，总也是洗刷得干净整洁，而她们的已如白雪的头发，总也是梳洗扎束得一丝不苟，整整齐齐，行走在汉丰湖的边儿上，我时常觉得，正是这汉丰湖清雅洁白的气质，将养了这两岸的人们，离这汉丰湖或近或远的开州人也是同样的清雅洁白的气质。

突想起，古代的药房门口时常写着：“但愿世上无疾苦，宁可架上药生尘。”而现在则赫然立着牌子：“会员积分买十送二，消费满五百八十元送一盘鸡蛋。”行走在汉丰湖边儿上，我时常想，人们，开州城里所有的人们，为什么在晚饭后，不开心的时候，遇到坎儿的时候，都喜欢到汉丰湖边儿上去走一走、转一转、坐一坐，无非是想寻找一种类似于古代开药方的医生一样的那副善良的面容、人心的古朴和暖意，是一种自我的回归和救赎，是人类自己无论在现实的紧急逼迫下走了多远，都依然想要回归本真的自我反省和忏悔。

卢梭写过一篇很短的散文，题目叫《生活在大自然的怀抱里》，是的，现实把他逼迫得太过忙碌而紧促了，以至于他想逃离，于是在一个炎热而时间充裕的下午，他急切地牵着他的爱犬芳夏特出发了。他写道：“我担心不速之客会使我无法脱身，于是我加紧了步伐，一旦绕过一个拐角，我就觉得我自己得救了。”他一边跑而一边在内心里激动而兴奋地自言自语：“今天下午我是自己的主宰了。”

他写道：“我迈着平静的步伐，到树林中去寻觅一个荒野的角落，一个人迹不至因而没有任何奴役和统治印记的荒野的角落，一个我相信在我之前从未有人到过的幽静的角落。那儿，不会有令人厌恶的第三者跑来横隔在大自然和我之间。那儿，大自然在我眼前展开一幅永远清新的华丽的图景。金色的燃料木、紫红的欧石南非常繁茂，给我深刻的印象，使我欣悦；我头上树木的宏伟、我四周灌木的纤丽、我脚下花草的惊人的纷繁使我眼花缭乱，不知道应该观赏还是赞叹：这么多美好的东西竞相吸引我的注意力，使我在它们面前留步，从而助长我懒惰和爱空想的习惯，使我常常想：不，全身辉煌的所罗门也无法同它们当中任何一个相比。”

我们可以看到，是大自然，是大自然的一草一木，一山一水，最大限度激发出了一个人身上全部的本真和天性，自然和舒展，放松和惬意。行走在汉丰湖边儿上，我想，每一个和我一样行走在汉丰湖边儿上的人们，就如同我，不一定就有卢梭这般绮丽舒畅的文笔，但是，当面对着如同卢梭笔下“大自然”一般的“汉丰湖”，我们，我们所有人的欢喜和真诚，那种回归到生命本真的虔诚和舒展毫无疑问是一样的。

关于湖，还在上学的时候，就读过美国作家梭罗的散文集《瓦尔登湖》，瓦尔登湖和汉丰湖哪个更大，我不知道，然而，我想，行走在汉丰湖边儿上的时候，很多人内心里的活动是和梭罗近似甚至是相同的，我们也会在汉丰湖旁四季循环更替的过程中，细腻无声却又惊心动魄地感受和触摸到自己内心的渴望、冲突、失望和自我调整，以及在自我调整以后再次渴望的复杂的心路历程，几经循环，直到最终实现为止。

行走在汉丰湖的边儿上，我们时常在反省，我们时常在自我检测也自我宽恕，并且是在不断地自我检测和自我宽恕中，我们方能生出新的力气再挑战接下来的生活，是从平静和内省中获取力量，继而开始重新一轮的自我价值的实现，和自身社会角色的圆满。

“汉丰湖”之意，之境，有很多种今译方法，有一种令我特别满意——“辉煌的中国”。

行走在汉丰湖的边儿上，我想，传统优秀文化的复兴和中国人性格的铸就，大约就是如同汉丰湖，这一池碧水带给人们内心里的安静、温柔、真诚、自省、仁和、包容、爱人、智慧、坚韧和创新，以及在经历了无数波折之后，依然有重新出发和崛起的勇气及力量吧，这是人的力量，是我们传统优秀文化的力量，这也是一种赓续民族精神的不息回响和逐渐积蓄。

涠洲岛看日出

为了看日出，我们特意起了个大早。

文联通知，五点十分车子接我们从梵俪秘境美术馆酒店去贝壳滩，然而，我们四点半就起来了。五点十分，我们约定要去看日出的人，就已经在酒店门口集合完毕了。但是，但是好像我们来早了，后续又有人说，车子五点半到。

于是，等！

涠洲岛的上空，天还没有亮，星星耀眼明亮得像相思人的眼。嗅着空气中来自大海的腥咸味儿，我感觉到时间和空间的滋味特别浓，是的，是只属于那一刻的北海，那一刻的涠洲岛，和那一刻的满心欢喜期待着看涠洲岛的海上日出的、浓厚的时间的滋味和空间的滋味，特别浓。

晨风像温软的丝绸一样拂面又拂心，来早了也好啊，于是，裹着依旧浓稠的夜色，大家随意地聊起天来。天文知识很丰富的同志们就指着天上的星星说，这颗星星是什么星，那几颗星星又是什么星，面对此情此景，我们不由自主地背诵起曹操的《观沧海》来：“日月之行，若出其中；星汉灿烂，若出其里。”我在心里不由得感叹，曹操可真是一代枭雄，又大文豪也，短短几个字，竟将如许天空唯美之境描写得如此真切而传神。

“梵俪秘境”这个名字起得可真好的，这四个字，是多么形象而传神地描绘出了此时此刻涠洲岛的天将明未明时分的神美意境啊，天地雍容，万物祥和，神秘唯美，一派神仙景象。正沉思间，门口走廊处传来一阵笑声，问是怎么了，文联工作人员小李说，是来自河南周口的文联主席阿慧老师说了一句“月明星稀”，他脱口而出接了一句“鸡蛋花落了一地”，大家就笑起来，不知道又是谁说了两句：“小李，小黎，好有诗意。”人群中的笑声更加响亮了。

不一会儿，车子就来了，是敞篷观光车，于是，我们一行人带着些许睡眠将醒未醒的凄迷神情和心中模模糊糊的对于海上日出的想象和憧憬，离海边越来越近了。

到了海边，天还是黑漆漆的，只在遥远的海岸线边际有些许不停闪烁的金点子，这金点子凝聚而有力，它们是在提示着我们，这是清晨，而不是黄昏。

来海边，是为了看日出，可既然太阳还没有出来，我们就先自由活动，有举着相机拍照拍视频的，有低着头在沙滩上摸索着捡贝壳的，有安静地站立着只静静地凝视着还只是一片漆黑的大海的，所有的人的内心，都和大海一样肃穆，也都和大海一样欢喜。

我想，老天到底是做了怎么一个绮朦而哀婉的梦，才会在人间留下这样一处其容纱纱而色彩斑斓的景观呢？是的，是涠洲岛的清晨，是贝壳滩，是我们在等着看日出，海上日出。

而我，来自遥远的大西北的我，是第一次如此近距离，如此长时间，并且是在一处天色半明半暗的朦胧的晨曦里，专注而痴情一般地聆听海浪翻滚的声音。这奇妙的声音，可真像是人的肺部在呼吸啊，轻柔的、抒情的、诗意的、欢喜的、纠结的、率直的、愤怒的、低吟的、猛烈的、奔跑的……各种各样的声音。在那一个生命短暂的片刻里，我突然体悟到，山不会告诉你的，水会告诉你。是的，这涠洲岛的清晨的海边，在太阳还没有出来和我们相认之前，我们集体都是在全心全意感受和聆听海的情绪、海的奔流、海的慵懒、海的纯粹、海的率直、海的坚守、海的喘息、海的点头和海的致意。

这一个晨，多么美好！

王维说："清浅白沙滩，绿蒲尚堪把。家住水东西，浣纱明月下。"你看，沙滩其实是最富有的，大海其实是最富有的，有水、有石头、有沙、有绿植、有家园、有浣纱女，还有明月。多么丰富而优美的画卷。

就这样，是一幅活动而立体的《涠洲岛日出》一样的场景，持续了大约一个小时以后，海面的颜色终于从镶嵌着星星点点的金点子而成整个海平面都变得乌金乌金的了，远望去，一枚猩红球体的三分之一，从遥远的海岸线逐渐探出了它鲜亮青春的头颅。

啊，这没有栅栏的太阳，在万里荣波上缓慢地展开了它上升的雄姿，猩红猩红的颜色，间杂着金光点点，这绮丽华瑰的景象，使得天地间呈现出一派尊贵而不可戏谑的高贵和典雅之气。

时间越往后推移，这枚硕大的瑰丽圆球的气势和颜色越来越显示出尊贵而绮丽的金色来，这金色从乌金、暗金、亮金，一点点变亮变淡，终至于在六点五十分左右，变成了完完全全的赤裸裸的纯金色。

七点二十左右，这枚稳重却又淘气的巨大火球，终于从荣波万里的海平面上完全脱离出来，分娩出来了，而以一个人间大丈夫的魄力和勇气，却又无根无须无牵绊，智性、禅意而启悟地悠悠然悬在了半空中。这枚从涠洲岛的大海上升腾起来的新鲜的太阳，它，像一个巨大无比的圆盘，也像一个巨大无比的实心句号，耀照着，也引领着整个人间。

在这个缓慢却又短暂的过程里，人们都从原来的喧闹变得安静，专心致志拍照的，凝神远眺的，大家都屏住了呼吸，除了颜色和形态，人们好像连最原生态的来自大海和新鲜的日头的气息、味道，它们的情绪情感，以及它们的身世，它们的关于它们自己，和万物，和人类的前世今生的记忆和故事，都要一同拍进他们的杰作里，都要一同镌刻在他们的心灵史上。

这绝对是一个人心灵史上值得铭记的一刻啊，如此雄伟，如此壮丽，如此华贵，如此的摄人心魂，像是一首涵盖天地之宽之广，而深入古往又今来的历史的盛大交响曲，震撼人心，也启迪人心，对于一个人的心灵，真的是一场盛大而豪华的洗礼啊。

我想，涠洲岛日出，它和一切大美不言，大爱无痕的物一样，它是一种启迪，它是一种开悟，它是一种在悄默无言背后对生命暗含着深层次指引的禅语。有悟性的人，一定会在看了它以后，心胸变得更加柔软善良而开阔无比。他们的眼神一定会在看了涠洲岛的日出以后变得坚定而清澈，而他们的心，一定也会在看过涠洲岛日出以后，变得更加纯然和安静。比如我，比如和我一同在此刻沉醉于如斯人间仙境的涠洲岛海上日出的志同道合的可爱的人们。毕竟，毕竟一个人内心里的安宁，才是一个人在这尘世间活着时的最大财富啊！

中国式的诗意

暮春之初，北方大地，冬寒未消，我不小心闯进了一片收割过的玉米地，一大片温暖的黄褐色土地一直开阔到了无尽的远方，最远处，大地温暖的黄褐色和悠远天的暮白色一线相交，以夹角之势成一体，像极了一个人的躬身谦卑，俯瞰众生。

近旁，是一大垛一大垛被堆放成宝塔状的比大地的颜色更加接近于暖的黄褐色，粗而中空的玉米秆，头聚尾散地密集在一起，弯曲而薄脆的玉米叶随风颤抖，也有那背着山风的，安静地伸着，自然安详，啊，那玉米秆的节上，那或动或静的弯曲而脆的玉米叶上，竟然盛放着薄薄的颗粒状的雪粒，不禁让我想起了谢太傅之子对于雪的比喻“撒盐空中差可拟”，它们，不硬，不化，不热，不冷，就那样松散而自然舒展的姿态，安静在那里仿佛它们天生就应该在那里。真真如张岱的《金山夜戏》里“林下漏月光，疏疏如残雪”般安和而精美。一瞬间，我就被感动到了，眼前的一切，质地、色彩、构成、气息、意境，很中国的一种美，很东方的一种美，开阔，谦卑而古朴，诗意。

去一友人茶室喝茶，从屋檐到桌凳到笔筒到地面，木质简幽，圆柱状的笔筒里，插着一株白玉兰，正开得贞静，长圆的花瓣，半透明而又似肥白，只在寂寂里伸长成只可如此的模样，恰如月亮的光辉朗照，奶润润的，沁人心田，那情态，那感觉，那诗意，像极了陆羽在《茶经》里讲的爱喝茶的宋人沿袭唐人的习惯品茶时喜用的“冰瓷雪碗”。

光是萝卜，胡萝卜红秆子绿缨子，白萝卜白秆子绿缨子，淡淡清水一煮，待及温良了，在这初春的季节里，缓缓喝一口，就好像喝饱了一半个春天。中国人的饮食，无论是简单如清水煮萝卜，还是繁复如茄鲞，无不充盈着水墨山水般的中国式的含蓄和诗意。

张爱玲在《忘不了的画》里写道：“有一张静物，深褐色的背景上零零落落布置着乳白的瓶罐、刀、荸荠、莳菇、紫菜薹、篮、抹布。那样的无章法的章法，油画里很少见，只有十七世纪的绸缎瓷器最初传入西方的时候，英国的宫廷画家曾经可以模仿中国人画‘岁朝清供’的作风，白纸上一样一样物件分得开开的。这里的中国气却是在有意无意之间。画面上紫色的小浓块，显得丰富新鲜，使人幻想到‘流着乳与蜜的国土’里，晴天的早饭。”张爱玲写静物和静物画里中国式的诗意的话，字里行间何尝不是满满的中国式的诗意和情趣。

家住楼西，下得楼去，天地开阔，门旁两棵小白树，高，长而细，南地潮润，一年四季总也是生出许多浅绿的小圆叶子来，微风来时，也羞羞地抖动，让我在恍惚之间误以为是一个人的十七岁，浑身散发着梨花似的清香，和远在天边绚丽的朝霞相呼应，晨光才醒，鸡初叫。

一位先生说："苔，是大自然的忧郁。"多么中国式的诗意的比喻啊。可也同时给人一种错觉，好像中国式的诗意总也是静止和幽深的。

可是，又有人说："雨是关在天上，却又是越狱的云。"我们从另一个侧面看到，中国式的诗意，并不死板，却也是带着极致的淘气的打破的。

纯洁，素净，是万物的本色，也是生命的本色，是最彻底的中国式的诗意。

"水是眼波横，山是眉聚峰。"中国式的诗意，常在山水与色彩之间。江河湖海瀑溪潭，红黄赤绿青紫蓝，而这中国式，莫不存于天地万物之间,更莫不存于每个中国人的骨子和天性里面。这诗意，这中国式的诗意，淡而素朴，雅而清新，如春日薄雾，雨后初霁，山水眉眼盈盈处，只一瓶梅，一抹雪，一灰瓦。

"晨起独自绕阶行"，半睡半醒里，竟看到一友人如此留言，时间是凌晨五点十二分，一瞬间，这个尚且未曾熟稔的人的灵魂，如同硕大的黑色人间幕布上一缕蓝色的光，照亮了夜空，也使得夜空更冷寂。我说："别这样孤苦。"顿了顿，我又说："要往肤浅里生息，要在世间万物里寻找生趣。"半晌，他说："我应该在你担水挑粪的时候认识你。"我说："嗯。"他说："想念那个人。"我答道："我还是我。"一霎，我竟毫无根由地知道这个其实我和他只有一面之缘的他嘴里所说的"那个人"，是在故乡的黄土地上辛苦劳作的在读中小学时的我。他在那样说，我也能懂。中国式的神奇的意会。

我心下不禁嗟叹，这斯人，这举止，这心意，他哪里是在想念青春质朴两个脸蛋红扑扑的我，他在渴望一种美好，一种因我而起，却未必是我的美好的东西，原始、真诚、朴素、勤劳、善良、勇敢、担当、坚韧，而又朝气蓬勃，他在怀念他的青春时代，他在内心里渴望着，也用自己的想象圆满着那些此生他的脚步没有到达的目的地，关于青春，关于人，关于力量，关于美好，关于爱和信仰，关于这个人间的遗憾和磨难，和越来越觉得人自身的渺小，脆弱，和无可奈何。他在虚空里爱着一切，却又在爱里觉得一切如是。我想，他的精神气质应该是充满了中国哲学一般睿智而虚空的中国式的诗意。

他说："我无由地偏爱故乡这片无垠的黄褐色的土地，包括我由此而起对它的热爱和信仰。蓝透了的天，皲裂的手，银样的小路通向全部的家园。"一个中国式的忧伤而诗意的男人，和他没有说过几句话的我，却竟然无由地懂得他一切的渴望和圆满，心结和悲悯。他的灵魂是蓝色的，是一串蓝色的灵魂之幽火，而我，却恰好懂得这种蓝色的干净和冷寂，热烈和矜持。这样的倾诉和懂得，这种默契，未尝不是带着中国式的灵性和诗意。

看中国食谱和典籍里中药、蔬菜、花卉的名字，以及描绘颜色的词汇，香薷、紫苏叶、辛夷、防风、白芷、荆芥、羌活、知母、天花粉、淡竹叶、黄芩、妃色、胭脂、绾、檀、丹、酡红，无不自带着来自大自然天然的本来面目和诗意。我们的碗里有诗意，我们的画里有诗意，我们的歌里有诗意，我们的诗词歌赋里，更有诗意，我们的眉眼气质里，更有那稍不留神就流露出的东方韵味十足的中国式的诗意。

曾经读到一句特别美的诗，很水墨，很中国，很诗意，说："乌云，是雪花的暮年。"这不禁使我浮想联翩穿越时空地妄自揣测，这雪花的迅即迟暮，是不是竟是那首来自遥远的唐朝的字子寿的诗人张九龄的诗《赋得自君之出矣》，"自君之出矣，不复理残机。思君如满月，夜夜减清辉"惹的祸。

三峡工程修建前期，长江两岸大量外迁移民。故土难离，人人不舍，有一个男子，令人瞩目，他搬完了一应生活用品以后，慎重而小心翼翼地把新挖出土的一株桃树装在了他的背篓里，正是二三月时节，桃树正在开花，满目灿烂，花瓣鲜艳新嫩。这个背上背着桃花的男子，他的背上，其实背的是美，是不舍，是故土。真的希望他背着一树桃花行走的脚步，每一个脚印都有根。他背上的桃花，是他作为一个中国人骨子里的天真、浪漫和诗意。什么是中国式的诗意，是克服千难万险、柔韧坚毅，是故国情怀、情深义重，是家山犹在，眸中烟水，背上桃花。

中国式的诗意，恰如中国古人的碑帖之美，温、润、幽、玄、淡、空、雅、正、厉、骨。是中国人的意趣，中国人的文化，是中国人的传承，中国人的气质，也是中国人的风骨。

更是万物的气息和风骨。

补袜记

袜子破了，走着走着，就感觉到了，割得脚指头生疼。

回到家里，换了睡衣，就找出针线盒子，找到同色的线，开始补袜子。

同学恰好发信息来，问我在做什么。

我说："在补袜子。"

他说："丢了，买新的。"

我说："不，我要补。很容易的。"

他说："为什么呢？"

我说："朴素是一种生活态度，而缝缝补补是一种乐趣。"

他笑了，我知道，他心里很舒服，我心里也很舒服。

真的，朴素是一种生活态度，而缝缝补补是一种乐趣。

很小的时候，袜子总是要补的。先是要找一只小点的干净的鞋子，把鞋底的泥土灰尘洗干净并且擦干了，再把袜子套进去，这样，空洞疲沓的破袜子里有了填充物，就鼓圆硬邦起来，这样下针走线就很容易了。是看着母亲这样补，后来，我就学会了。

乡下的小孩，除了儿童节以外的夏天，是没有袜子可以穿的，所以，印象中，拿在母亲手里的，或者自己手里缝补的，总也是冬天的厚袜子。

这样夏天不穿袜子，冬天补袜子的日子，过了很多年。

后来到了大学里，夏天有袜子了，于是连同冬天的袜子一样，也依旧是破了就缝补，缝补了继续穿，直到不能再补，也就不能再穿，才会丢了去买新的。

好像是从读研的时候开始，袜子破了就不补了，直接丢掉。

后来，自己成家了，又过了几年补袜子的日子，前几年，又不补袜子了，只要破了个洞，就直接丢。因为这种习惯，每次买袜子，是一打一打地买，各种薄厚各种颜色的，多了也煞是好看。

然而，从去年开始，又重新过起了袜子破了缝缝补补再穿的日子。

不同于以往的是心境。以前袜子破了补，是没办法想节约，而现在，是喜欢那种缝缝补补时内心里恬静的感觉。

像什么？像写毛笔字。

床铺整整齐齐，一个好看的针线笸箩，洗干净了的破了洞的袜子，像是农夫行将耕耘的天地一般。我虽体胖，却是个灵活的胖子，很能盘腿坐。

于是，就那么安静地坐在床上，一个人穿针引线地缝补一双袜子，真的，内心很安静，一上一下，一左一右，针脚细密而轻柔，甚至，像是天然继承一样，会像奶奶和妈妈补袜子一样，自然而然地每隔一会儿用针在头发丛中划拉一下，然后继续补。

我写毛笔字写不好，我缝袜子也缝不好，可是，我不在乎笔下、针头到底是何样歪歪扭扭，我要的是心境，仿佛自己是个古人一样，仿佛自己是个古代女人一样的那种恬静而安宁的心境。

生活不知道把多少女人逼成了男人的样子，整日里到处奔波，上下里疲惫，而左右里周旋，能这样安安静静，什么都不用想，什么都不用焦虑，坐在自家的炕上，就着几缕太阳光黄柔温情的光线缝补一双因为洗刷了好多次而变得分外柔软的袜子，是一件多么令人幸福的事情啊。

这种恬淡的安静，如果持续得久了，次数多了，它是能使一个人的内心里滋生出高尚和勇气，自尊和毅力来的。

有人说："一个人最大的福气是什么，不是权力，不是财富，而是内心里的安宁。"我觉得补袜子的时候，就属于是我内心安宁的时候，也算是很幸福的时候。

而且，补袜子时的我，也不单是在补袜子，我会思考一些东西，比如，我会在心里追溯一下"补"字的源头。

"补"，同"補"，读作bǔ，从衣，甫声。《说文》里说："补，完衣也"。意思就是说，"补"的意思就是让衣服完整。通过补，衣服鞋袜确实完整了，然而，事实远不止于此。

以我之觉之见，缝缝补补的过程，其实也是我在神思游走心情聚合里缝补我内心和情感里的残缺。比如有同学问为什么要补，我说朴素是一种态度而缝补是一种乐趣，于是，在这简单的穿针引线缝缝补补里，在这简单的一问一答里，我明了自己的心，见了自己的性，我本来就是这样一个人啊，这何尝不是对自己的一种洞见，省察和反省。

古人修行中的所谓“明心见性”大致就是如此吧。

我承认我已经不再年轻了，所以，也越来越看淡了别的东西，而越来越在乎这种能够令我的心境安静的东西了。

补袜子的时候，一定会想起母亲，进而想起父亲，父母之于子女，哪怕只是在记忆中出现，也无时无刻不是一种鞭策，一种督促，一种他们总也是叮嘱你要好好生活的苦心以及苦心背后的暖意和感恩。

甚至，在补袜子的过程中，我会顺口念诵几句曾经背过的诗文：

补褐防寒岁。牵萝补茅屋。

维仲山甫补之。必能裨补阙漏。

稀豁之处，锄而补之。收孤寡，补贫穷。

静然可以补病。

哈哈，虽前言不搭后语，可这些出自不同典籍的诗句这样随意牵扯在一起，歌谣一般念叨出来，竟然也是回环跌宕，抑扬顿挫，韵律十分动听。

我尤其喜欢也认可最后一句“静然可以补病”。语出《庄子·

外物》，意思是说，如果一个人的心境能够处在静谧的状态的话，那么，对于健康的人，是可以于静中采养身体的，而之于生病的人，是可以起到滋补和调理的作用的。

既已说到此处，我们再来更进一步追溯一下“袜子”的源头。

“袜子”一词最早见于《中华古今注》，曰：“三代及周著角韈，以带系于踝。”古代的袜子称为“足衣”或“足袋”。《说文》言：“韈，足衣也。”最初，所谓“足衣”应该是皮做的。

后来，随着纺织品的出现，袜子发展到用布、麻、丝绸制作，字也就相应地改为“襪”，最后步步简化为现今我们所说的“袜”。文字的嬗变过程，其实蕴含了中华文明的发展进程。通过数千年的演变，才发展到现代形式的袜子。

中国话里面有个十分好的词语，叫“补心”。意思就是因为铭记或者感恩他人曾经对自己的帮助和照顾，而终于在某一刻做出行动，以语言或者物为寄托，表达出一个人对他人发自内心深处的感动和回馈。希望我们，都能够多记别人的好，能去适时适地给他人“补心”，倘若都能如此知晓回馈，那么就很和谐美好了。

不知不觉，袜子已经补完了，诗文也念完了。

抬望眼，夕阳正好落闲窗，我心安详，真的是岁月静好啊，岁月静好。

是故，小四劝大家去买针线，多补袜子，不但可以有益身心，还能复习旧功课，何乐而不为呢？

生命的迷人之处

又是清水河，又是西桥头，同心河两岸生满了青朴的芦苇，壮士般耸立，其势凛然坚固若金汤咸阳，金人十二，我从细碎的山花中跑过，穿过麦田，穿过草丛，和树丛，马苜蓿肥大的叶子相互触摸……

“妈妈，妈妈，妈妈……”连续的几声轻唤，将我从睡梦中惊醒，知道是女儿，知道没什么事，她，或许只是想唤一唤我吧，我翻转身，又自顾自睡去。

“妈妈，妈妈，那盆花，她开了。”

我立时清醒了许多，我知道她说的那盆花，就是我养了将近七年之久的朱顶红。

“你赶紧端来给我看看。”我睁开了眼睛，坐了起来。

女儿笑靥如花。花朵屁股对屁股，被她高举着，在她脸颊旁盛开的，是一盆娇俏极了的我的朱顶红。

“近一点，再近一点，赶紧给我闻一闻。”

女儿欢快地用力把那花枝伸到我的鼻子下面。

“哇，真的好香啊！快看快看，李齐阁，这两朵大盛成艳的，一朵是我，一朵呢，我就把它叫作‘明天的李齐阁’。好不好？”听我这样说，女儿高兴地笑了起来。

“还有还有，还有旁边这朵还未长大的小茎上面的这一朵，它是你将来的孩子。”

女儿害羞了，吐完舌头，“咯咯”地笑起来：“妈妈，妈妈，你笑起来，像我的芭比娃娃。”

“赶紧走走走，太阳这么大了，还没有去学校。”我想继续睡，就赶她走。

女儿慎重且小心翼翼地双手捧着她称之为“那盆花”的那盆花，嘴里说着：“遵命，母亲大人。”退出了房间。

我却再也睡不着了，这一刻，好迷人。

酣睡的妈妈，生长的女儿，两朵屁股对着屁股盛开的花朵，厨房里传来，他煎蛋的声音，刺啦啦响动，人间的烟火。

阳光从窗台上照进来，仿佛，人间所有美好的人、事、物，在我眼前，都是公开的，温暖与虚妄，一同明亮。

“需要什么样的繁荣？”

诗歌《镜子里的春天》里问：

蛐蛐在墙缝里读书，

而在所有公开的场合里，

只有梅花在意自己绽放的舞姿，

却不知需要什么样的繁荣？

晨起慵懒，我不爱思索诗歌里所问的，到底是什么，我却想起另外一句把那重意思表达得更直白清晰的话：“究竟是什么样的终点，才配得上这一生的颠沛流离？”

对这句看似平常，却其实有点儿悲壮意味的问话，我一直都没有答案，今天，我可以回答说：“就是那些，在我们的生活当中，生命细小的迷人之处。”

十九年前，是的，的的确确已经是十九年前了，那时候，我十九岁。

七月七号，高考，时钟，六点，阿阳城的宾馆，具体是哪间房，我不记得了，闹钟把我从睡梦中吵醒，我趿拉着拖鞋，睡眼惺忪打开了房门，想去上厕所。

方才出得门去，却在房门与厕所的距离中间，右手向下的楼梯上，看到一个人的背影，坐着的，一个单薄的背景，我停下来。

听到声音，那背影还未站立，就侧转过来。

借着楼道昏暗的声控灯苍黄绵软的光芒，我看清楚了那张白皙的脸，是阿莲。

我很吃惊，赶紧过去扶她：“莲姐姐，怎么是你，你怎么这么早一个人坐在这里？天还没有亮。”问完，我觉得自己真是问得愚蠢，她肯定是来找我和紫霞姐姐的啊。

“你为什么不进来，却坐在楼道里呢？”

莲姐姐低下了头，用她的右手抱紧了怀中的塑料袋子：“我怕你们两个起来出去吃东西耽误时间，给你们送馒头来，你们可以吃着馒头多看一会儿书。”

“你来了，看我们还没有起来，你就怕打扰我们，你想让我们多睡会儿，于是你就一个人坐在楼道里等，怀里抱着一袋馒头？”我觉得我的声音，没有哭腔，真的没有没有哭腔。

阿莲再次低下了头，她白皙的脸颊，在灯光的映照下，愈发白皙，两根麻花辫，安静地停放在肩头，真是一个美丽极了的侧影。

我感觉到了辛酸的疼痛，我心疼她，熟悉我和阿莲的人都知道，我们前后年级的人都知道，阿莲，她没有左手。

我更心疼她的懂事，和善良，那一年，我十九岁，她也不过二十，或一与二……

时光的碎片，铺满人间，早春的桃花，屋檐上经年的青瓦片与旧瓦头，或柔或坚，或老或少，不过是世间万事万物的两种质地。

浮华二十年，那些郎朗的读书声，那些花木都忙着盛开又凋谢的四季轮回，汗水吧，笑声；奔跑吧，疼痛；亲吻吧，爱恋……

那些，那些我曾经以为能够永远刻骨铭心的事情，都随着命运苍劲的风霜雨雪，直往静白里静，只往静白里白去了，也自暗淡，也自销声匿迹。

唯有阿莲，那个在那一年七月七日的昏暗灯光里，独坐在楼道里等我们姐妹睡起来，怀抱着一袋馒头的阿莲的背影，竟然成为我心中永远，永远也抹不去的温暖与辛酸。

是她，让我第一次知道了，生命，原来竟可以如此迷人。

我曾经以为，决定我未来道路的，只是那一年的高考，可是，分明是，我的生命线中有很温暖很明晰的一条小径，居然就是七月七日那一清晨的阿莲，和她的那个低着头静坐在阿阳城的宾馆昏暗的楼道里的背影给我的，关于爱，关于牺牲，关于饱暖，关于无私，关于给予……

王世襄先生说：“世好妍华，我耽拙朴。”

生命，其实越往后走，就越归于它原生时拙朴的本性。

一直很疑惑于“魅力”这个词语，一度以为，它意味着霓虹闪烁，光芒四射，它指示着粉面红唇，西装革履，可是，后来，我才知道，这个词语，它更意味着，人的性情，物的模样，事的起灭，它小，它柔，它暖，它静，它正，它喜，它纳，它容……

我想，这就是所有生命的迷人之处吧。

一部《大长今》看了很多遍，过去了很多年，可是，最最让我迷恋和无法忘怀的场景，却是长今和闵大人，两个那样深爱的人，离得那么近，却都只是那么坐着，各自安静地坐着，各自端庄地坐着，没有拉手，没有拥抱……

端肃不亵，才是爱的本质吧。

“我和他，无数艳丽激情往事，可是，他说，我唯一记住的，是你在雪地上，一遍一遍写我的名字。而我，所记住的，是他，是那个他，当看到桌子上的那个空饮料瓶子的时候，轻轻地对我说，你要喝清水，不要喝饮料。”惠瑜对我说。

雪地画蔷者，是为深情；嘱她喝清水，是他，爱惜她的生命。

这人间，四季轮回，姹紫嫣红，死生更替，沸腾如火，而又寂寂如冰，而唯有这些，闪烁着细小光芒的小喜清欢，方才是生命之所以能够恒久流传，而生生不息的迷人之处吧！

手捧水喝

夜读《徒然草》第一二三段：

“用无用之事来消磨时日的人，可谓愚人，也可为癖事之人……人不得以要为自己操心的事只有三件，第一是食物，第二是衣服，第三是居所，活在世上，最大的事就是这三件了，不饥，不寒，不曝于风雨，清净度日，就是人间乐事了。”

“徒然”在这里的意思是“无聊”，通常的意思则是“无用”。此书命名，虽乃编纂之初，随手抓取“序段”首词，然依我之见，可统领整书意旨。

转而想起明代敬虚子《小隐书·许由》中记载的一件小事：“相传许由隐居箕山之下，颍水之阳，躬耕自食，以手掬饮。人遗一瓢，挂于树，风吹历历作声，以为烦，弃之。”

这段话的意思是说，相传唐尧时期，不愿当首领的许由隐居在箕山一带，过着自食其力的简约生活。有一次，他在颍水边用手捧水喝时，有人送他一只水瓢，挂在树上，风吹得乒乓作响。许由心里很烦，把它丢到一边，头也不回就走了。

此人心中，何其清澈啊！

掩卷遐思，身不由己来人间，活着诸般劳苦，谁为摆渡人？

唯有自渡耳，抛无用之事，弃无用之物，有食，有衣，有居所不曝于风霜雨雪，真是，“无用之用方为大用。”

万物皆有灵

明代陆容《菽园杂记》卷十三记：松江人沈宗正，每至秋深蟹肥味美时节，必置竹栅栏于塘中以捕之。某日，他见栅栏上有三只蟹相互交缠彳亍而行，遂俯身细察之，乃其中一蟹之蟹脚脱落不能行，其余二蟹举而抬之以共过栅栏。

观及此情此景，沈喟然叹曰：人者，虽被冠以“万物之灵”，却多相互争斗，然小小螃蟹之间，竟能如此危难相济，互助互爱。遂让人拆栏毁竹，且永不食螃蟹。

很偶然读到这篇短文，就想起以前有位朋友给我讲过的她的一件往事。

大学期间，她与男友相知，男友于她第一个生日之时，送她一盆初萌芽的文竹，经四年光阴流转，二人感情甚笃，那文竹也已由最初的纤弱细小生长成枝繁叶茂，亭亭如盖。

然临毕业时分，二人却因一件意外的事，导致感情发生变故，劳燕分飞，那文竹，虽也一如平日那番照拂，无有改变，却无由日渐枯萎，终至于弃春向死，令人唏嘘。

女友说，很多年，她都想不通这件事情，那盆随着她和他的情感盛衰而盛衰生命的文竹，它到底是不是真的仅是一株草。

我有一友人，常年居外地，某春节，回乡探望双亲，却谁知情况突发，致使其被迫居父母处不能原路返回长达数月之久。

数月之后，友人惦记家中，遂急切返回，家中景象确如所料，器皿蒙尘而花草俱枯，友人遗憾，遂以其中一棵发财树拍照示我，以表痛惜。

那发财树近一米之高，枝叶全枯，其下泥土干涸皲裂，灰白色。不知道从哪里来的一股力量，我就是觉得它的生命还在，我就给那位友人说："放下手机，再不说话，赶紧浇水，它体型大，给它多浇些，其余花草，也都不要丢弃，都赶紧浇水。"

友人不信，小悲而嬉笑对我说："都如此这般了，浇多少水也是无用了，等闲了，再买再养。"

我却不认同，我说："千万别拔它，就算我求你，给生命最后一次机会，你赶紧浇水，后面万一不行了再说。"

他拗不过我，就无奈拿起瓢，接了水，给那棵发财树浇了个满满当当。

谁知道，一个月后，他非常惊奇地告诉我说，那盆他差点拔掉而我让浇水的发财树，竟然在根部发出了新翠鲜绿的小叶，鲜活了起来，并立刻拍了照片给我看。

我简直是高兴极了，唯一的解释是，它的根部生命的力量还没有枯竭完毕吧。

万物有灵，只需要我们以真心示之以厚爱，无便成了有，枯便生了绿。

多出来的水

长老教小僧，不会不厌其烦地灌输难懂的经典，而是将难懂的道理融汇在日常的细微小事中予以教育。

比如有小僧要将洗东西剩下的一点水随意泼洒到院子里，长老看到之后，就会大喝一声："不许糟蹋东西！"如果小僧辩解说，就这么一点点洗东西剩下的脏水，泼掉有什么好可惜。

长老便说："每一滴水，对草木都是宝贵的，为什么想都不想就这么浪费？即使要泼掉，也应该泼到需要水的树根上。"

这是散文《吃土》中写到的一件小事，我却感触颇深。

很多年前有一天，我在网上发了个帖子，说有个多出来的小折叠沙发，想要送给需要的人，方便的话，请联系我来自提。来应帖的，巧不巧是我教过的一个刚毕业不久的学生。我记得她，很乖巧的一个女生，在我初来这里谋生的时候，给我煮过一顿很好喝的排骨海带汤。

在留言框里，她说："老师，我就住在西部金科这里，晚上来拿可以吗？因为正在上班。"我就说："那正好，我现在要过来买菜，顺道带过来就是了。"

可是，当我拖着那个其实也并不很小的沙发走出楼道口的时候，却发现天空在细细地落雨。不能失信于人，那个沙发也很重，实在搬不动了，于是，我就把它放在了一楼阿姨寄放垃圾的空地方，然后跑到不远处的马路边上拦车。

正是上课时分，又在下雨，学校门口很安静，偶尔有过往车辆，并没有出租车。

就这样，我一边站在公交站牌下等车，一边有心无心地看着细细的雨逐渐变大，一股股的小溪流从我眼前的下水道口汩汩地流进去。

二十分钟过去了，没有拦到车，三十分钟，四十分钟，也还是没有。我突然变得很沮丧，为我这个鲁莽的决定而有些懊恼。

就在这时，一辆摩托车停在了公交站牌附近的空地上，下了车的摩托车师傅向学校大门张望。

摩托车载客在重庆很普遍，我以为他是"摩的"师傅，于是就过去站在雨里问："师傅，您去金科吗？"

谁知道他摇摇头说："对不起，我是来接孩子的，家里临时有点事。"

我有些失望，说："哦，这样啊，那打扰了！"

谁知他看看雨，又看看我，竟然说："孩子九点五十下课，出来还有一会儿，反正这会儿我也闲着，就带你去吧。”

粗略预算了一下时间，跑金科一个来回，摩托车二十分钟绰绰有余，于是我就说还有个沙发需要搬，师傅就很爽快地让我坐在后座上，直接把车驶进了小区，到了楼道口停下，然后帮我把沙发搬过来，竖着在后座上绑好。

东西卸下的时候，我要付他十元钱，他却死活不接，说举手之劳，不必的。我就说那您稍等，我给您买盒烟，我话没说完，他却已经开动油门出发了。

望着他消失在雨幕里的背影，我在想，这个陌生的父亲，把他原本要站在公交站牌下等孩子的二十分钟，花在了帮我救急解困上，却分文未取，他的心灵，是多么善良和光明啊，那么由他教育出来的孩子，也一定会是善良而光明的吧。

我就也想起了我的母亲。

在我很小的时候，家里有个果园，每年果子下来的时候，首先要分类，按照品种、大小、形状、色泽，把它们分出一堆一堆的各自放好，以方便规定价钱出售。大的好的，无论大人小孩，都舍不得自己吃。于是，到最后，总也有又小又不太规则的小红果小青果不能卖，就留给我们当零嘴，解渴也解馋。

每次，在给我往书包里装好了馍馍之后，母亲就会放一些小果子进去，那时候读书也易，只有语文数学两本，书包空间大。

母亲总是一边往里装一边叮嘱我：“给香香和岁蛋吃几个。”香香从小没有了妈妈，岁蛋大大是个残疾人。

那时候，一个班上学习好的学生，大致也就是那几个。逢到去别的学校抽考，竞赛，母亲总是会选两个又大又好的红苹果，再精心烙两个花馍馍给我装在书包里，母亲说：“别的娃娃都有早饭吃，香香没，这些是两份，你俩一人一份。”

后来，日子好过了，物质丰富起来，可是，这些过往时候的小事，却深深地影响到了我们。

在这里教了许多年的书，什么成就没有，却独独有一件事让我对自己满意。

总也是爱读书，便每每积攒了许多书本刊物。有一些，看了须得存留，而有一些，却没有再回头看的必要，就每次拿去给班上的学生。

拿书给学生，分两类：一类是看了需要还的典籍好书，一类是不必还的杂志刊物。每年所带学生众多，四五个班级算下来总也有二百多人。于是，我常常背一个很大的书包，来来回回，得空就背书给他们，每个班都有，他们看完，会很自觉整整齐齐地放在我的办公桌上。

课业繁忙的学生，能有书籍拿回去晚上看，总也是欢呼雀跃，因为他们住得也近，几个班的学生就相互换来换去看，我就很宽慰，也因此，我和学生的关系总是好过师生。

久而久之，竟发生了奇怪的事情。每到学期末考试之前，拉开柜子，还回来的好书，不但不会变少，反而总会多出几本，上面也总是没有写明班级和“归还者”姓名。

上个学期末尾，还回来的书里，居然多了一本《盲羊》和一套儿童版的《西游记》，上、中、下三册。最后一堂课的时候，逐个班级去问，居然没有人承认。

后来就有懂事的学生给我在微信上留言，说：“老师，您不是时常教育我们，想要泼掉的水，也应该泼在需要水的树根上吗？您浇灌了我们这么多年，我们都很是感恩呢。那些书，也许是别人看完了多出来的呢，您不必挂怀，拿回去给小妹妹看。”

他们说的小妹妹，指的是我的女儿，小学二年级，正是可以阅读《盲羊》和儿童初级读物的年龄。

面对这些可爱的孩子，我竟然无话可说。

静气

舞蹈中，我偏爱中国朝鲜族舞蹈，因为它有静气。

细腻、柔和而悠长，动中有静、柔中带刚的舞姿，或柔婉袅娜，如仙鹤展翅，或绵密委婉，如柳枝拂水。恰似轻灵高雅的白鹤，让人感觉内敛轻雅、含蓄深沉。

舞蹈具有风韵典雅、含蓄等特色。而“对称”关系则更是在舞蹈中频繁体现。

从动作上看，舞蹈动作多是圆形的。手臂是圆形的，身体是圆形的，路线也是圆形运动，因此不管是静态造型还是动态运动轨迹都体现出这种完美的对称方式，从而整体上具有一种整齐、沉静、稳重、和谐之美感。

其中非常著名的是抒情柔美的长鼓舞，以及代表了舞蹈艺术精华的僧舞。

音乐中，我喜欢古曲，幽静、深沉，却又不失灵气，虽有的略有悲音，却如白雪皑皑，覆盖的是空山不见人，或者是完全属于大自然的本真的高山流水，明月松间，比如《高山流水》，比如《春江花月夜》。

当然，班得瑞和理查德以及宗次郎的作品，也是很有洞穿人的灵魂的安静而隆重的气息的，可是，论起静气，个人认为还要稍稍逊色一点。也可能和文化历史的积淀有关。每每于春来秋往的时候，听一曲《高山流水》或者《广陵散》，多少烦躁和困惑，也都烟消云散了。

画作里，我尤其喜欢水墨山水，仅有水与墨，黑与白，格调古朴雅致，整体格调上讲究“气韵生动”“以形写神”，讲究“骨法用笔”，追求一种“妙在似与不似之间”的感觉。笔法平、圆、留、重、变。如果说西方技法是“再现”的艺术，那中国画则是“表现”的艺术。

水墨画讲究感觉，大段的留白是一个很显著的特点，寥寥几笔之外，空无一物，让人充满了无限遐想和放松。简单之外还是简单，有一种强大的静气在里面。

看黄公望的《富春山居图》，远山长，云山乱，晓山青，缥缈轻淡的意境格局里，是对世事的从容和豁达。

很多人喜欢《雪国》《伊豆的舞女》《边城》，多半是因为作品的整体意境和人物性格气质的清澈、纯净和安静。

看影视剧《大长今》，我总是被长今安静忠贞的气质和性格所感动。尤其当她与恋人独处，两个人就那么垂首低眉地静坐着，或站立着，没有泡沫剧里动不动就上演的激烈的拥抱，这安静的气氛里格外有一种动人，也感染人的力量，使人潸然泪下。

看嵇康之死，刑前仍从容不迫，索琴弹奏《广陵散》，全曲皆是愤慨不屈的浩然之气，“纷披灿烂，戈矛纵横”，并慨然长叹：“《广陵散》于今绝矣！”

生死在迫，能从容安静如此，实属罕见。其中震撼人心的，是嵇康对生命和世事沉静的体味和领悟，是来自生命最深处的高贵的静气。

水润万物而无声。

我太渺小了，我什么都润不了，可是，我越来越不喜欢发声，越来越喜欢独处了。

只悄悄地做自己喜欢的事情，养成一种安安静静的气质，从容地面对一切，这对于我，是一个美妙的世界。

第五辑 · 虚妄和梦境

红酒与桃花

打开了四季的蓬勃

白杨和时针

在自己的骨骼里倔强

一个女人突然从梦中笑醒

没有人知道她的秘密

万物与人

互为参照

当八月缓缓地

向天空飘去

你依着那株桂树

手提铜钱不肯离去

——窦小四

时间是一条有逻辑的线

写给九生：

三年前我养的那只猫，肥肥，早已不知去向，而那株吉祥草，对，就是我淹在旧茶杯里的那株，它很好，我已于九天前邮寄给了大病初愈的小金，不知她有否收到？

春天的世界，又高又阔，花儿们，用自己的摇曳来证明季节。

我的话很多，显得啰唆，请你原谅。

几份相思，几份埋怨，几份情愿。

此一生，纵然万劫不复生，纵然相思入骨疼，我也会待你眉眼如初，欢喜相见，永！

越来越活得明白，所谓爱情，不是你一直毫发无损地爱着一个人，而是虽经曲折，却一次又一次重复地爱上同一个人。

你是一个看见过世界的男人，所以，你懂得生活，所以，你珍惜拥有的一切；我是一个看见过人性的女人，所以，我看透了人心，所以，当我看到你的眼睛，那么真诚，世故而不圆滑，成熟而不失天真，我又如何能不珍惜？

萨特说：“存在即合理。”你和我，注定相逢。

长夜寂寂，有几千个那么多，我都是一个人端坐过来的，那些黑暗，那些寒凉，那些一切都悄无声息的日子，我就此爱上了孤独，那时候，我曾想，人生大概就是如此吧。

冷漠，是我和这个世界没有相认的根本。没有你之前，我甚至都没有力气，去顶楼看一株花的盛开，抑或，一棵野草的凋萎。

我以为我已经熬过了所有的不幸和磨难，而对这个世界上的人，我再也不会渴望着说，想和谁在一起。可是，当我看到你的眼睛，就在那一瞬间，我觉得，整个天空都挂满了星星，全世界的每一个角落，都亮了。

人间，也深，也重，我早已看透，可是，我生怕，在我即将离去的时候，我的心中没有了你的模样。不记得是谁说过，死，也让我爱着死去。

落日回到了冬日里的乡村大地，遇到你，我回到了我自己。

谁也不配知道，我到底有多爱你，只有老天知道。

我的人生，一到八，属于过往，只有九，它属于我，因为那是你来的时候。是的，在我，时间分为两种，一种是你来到我的生命的时候，一种是你还没来的时候。

今夜，我不在你的城，九生，今夜，无数个今夜，在一个人的呢喃里，你早已成为我灵魂的一部分。

所有的人，都只看见我一个人坐在这里，可其实，只有我知道，我，是和你在一起，因为，你在我心里。

少年时，我曾问旅途；中年时，我曾问祸福。可是，当我遇到你，我便觉得，这人间，知与不知，都是好的。

九生，请你多爱我一点，等这人间没有了我，你再去爱那世间万物，可好？

有人说："这人间，只有无常是永恒。"低眉，我细想，此刻，我正拥有你，幸福就如同花朵，绽放在我爬满了皱纹的老脸上了，合不拢嘴。九生，你听，当我正写到这里，窗外的春枝上，鸟声婉转，清脆，还有那青杏，以碧绿燃烧青春。

我多么希望，我们能一起大笑着看看海洋，它巨浪滔天；我多么希望，我们能一起奔跑着追逐那一对扑闪阳光的蝴蝶；我多么希望，你吻我的额头上，没有脂粉。九生，我多么希望，在每一个春天里，你永远，只是个少年。

你意存忠厚，勤朴聪慧；我和顺端庄，心有尺规。九生，我总觉得，我们，你和我，是世上最好的良配，哪怕相逢太迟，也应该满心欢喜。

时间是一条有逻辑的线，烛光，也有暗影在身后，这是个婆娑世界，充满了遗憾。

爱情是贵族，远在温饱之上，还有更高的享受，就是活着的时候，我们能相遇，并且，一句话都不用说，就觉得很幸福，你的眼睛。

所有的欲望都叽叽喳喳，所有的喜欢都肆无忌惮，唯有爱，它让人沉默。

有人问我："什么是喜欢？什么又是爱？"

我说："在路边，你看到一株花，你把它折下来，拿在手上，那就是喜欢。可是，如果，你看到了它长在那里之后，便每天去给它浇水，让它按照它本来的样子好好活着，这就是爱。"

有人问我："什么是爱情？"

我说："情是欲望，而爱，是力量。"

气候如此多变，如同人性，可是，九生，在这个祸福的人间，是你，让我变成了一个可爱的姑娘，不再流泪，不再孤独，也不再埋怨。自从遇见你，我的人生，便不再渴望春天，因为，是你，让我把自己活成了春天，我欢笑，我绽放，我安静，我新，我淡，我纯洁，九生，这一切，都是你给我的。

不管这一天，有多么艰难，只要想起你，我就立刻欢喜了眉眼，去照镜子，我的容颜美不美丽；不管这一生，有多么不幸，只因今生你来过，我的生命便有了色泽，远山黛、湖蓝色、藕荷嫩、乌金与酡红……

远了好，有等待，就有希望，隔在我们之间的山和水，那是老天为我们的爱情写下的诗意，山是眉峰聚，水是眼波横，而花与树，是信笺和良笔，抒写无数相思，与恩爱。

不要说人生的尽头，我会两手空空，我满心所欢喜盛放，我双手所持举盈握，我满怀所馨香倾抱，皆是来自你的呵护和恩赐，你是我的福音。

你曾说，爱了，要装在心里。可其实，我想说的是，如果这样，那就没有了“青青子衿，悠悠我心”。也就没有了“山无棱，天地合，乃敢与君绝”这样唯美的诗句了，不是吗？

人的情感，如果不记录，人的生命，如果不写下，人类，就没有了文学，也没有了历史，智慧也就断了源头，那样，可真是单调而枯燥了人间了。

人们常说“三生石上……”意寓恩爱缘分长长，而你的名字，是九生啊，那是比三更长更多更久的数字啊。

九生，单单你的名字，就够我挚爱一生了。你和我，看似偶然，可其实一切，早就命中注定了。

人的一生，不管是谁，所拥有的一切，终将全部失去，所以，活着的时候，我才这样大胆爱你，不顾一切。

我的身边，曾经走过无数个路人，他们，没有一个人，能让我停留，而你，让我忘掉了全世界，九生，你那样美好，我这样通透，我，敢爱你一天，我，也就敢爱你一生。

人只有此一生啊，怕什么？

九生，今夜，我不在你的城，我要忍，我要忍到下一个春暖花开；我要等，等到下一个灯火通明，我就来见你，到时候，你一定要铆足了劲儿，把我抱在怀里，可好？

春水初生如新雨，春林初盛如花放，春云还深，深几许？雪一样白，是绝色，可是，它们没有一样，能如你。

九生，远在天涯而近在心间的九生，感谢当年种相思，一种一树桃花开；感谢旧岁修因缘，一颦一笑是恩爱。

愿世人与万物皆爱你，九生，康健、平安、快乐，做一个在尘世里有福气的人。

荒原上最后的一只鸟

在我的第一本书里，我曾经无数次地写到爱情，尤其是那几封情书样的散文。

亚妹聪慧，便来问我：“师卿者，何所指？”

这无疑是在询问我关于爱情了。

提及爱情，我茫然四顾，我四顾茫然，我茫然四顾而不知所措。

那是旧年五月，抑或是更早时，日月浑浊，窗外大雪纷飞，请原谅我竟记不太清楚时日了。

我如何就能轻易地爱上一个男子了呢？

抑或，恰如古人所言：“九死易，寸心难。”

爱情太贵，我得不起。

总之，我不得不承认，我的小半生，都在因为爱情而彷徨、迷惘。这也并不奇怪，张爱玲早就说了，女子大抵自古如此，谁也推诿不了。

于是孤独，于是苦难，于是寂静……

于是，数十年岁月倏忽而过。

人生如旷野，大风从左耳呼啸而过，凝眸处，一如爱玲，只余苍凉。

于是，只好苍凉，于是，只好茕茕，于是，只好孑立……

于是，人生，简直孤独到了令人生厌的地步。

我无法宽慰我自己说："也许，一个富有意义的世界，就是由天际中的无数个星辰和大地上无数的伤痕所组成的……"

然而，循着鸽哨的声音，我依然无法找到一个令我心灵能够安栖的所在。

真相，生活总是会对我们直言相告，而人生，而关于人生里的"爱情"，都总是像极了一个哑谜，一个隐喻，卡夫卡，抑或《芬尼根的守灵夜》。

照片是黑白，然而，人生和爱情，却从来都不是。

终于，太多女人，终于顺利地活成了中年的妻子，慵慵散散，疲疲惫惫。然而，我和我的心，依然独自坐在无人路过的橱窗：

云上，墙上，马上，楼上……

人间，指间，心间，眉间……

月下，竹下，烛下，帘下……

于是，我找不到一个人可以倾诉，可其实，我根本不打算找人倾诉。

于是，沉默，静默，缄默……

一大群的词汇，就很顺理成章地排列成了诗意的句子。

于是，“师卿”，这个虚拟的人物，便成了一个有关我的灵魂的故事的唯一一个知情人，而“晚樱”，就是我。

然而，某一日，想来，也是一个极其寻常的日子。一个从不言说生活苦辛的父辈，在用了他的大半生的时间辛苦了之后，却只在此生，只对我一个人念了小小的一句：“十四五岁时，为了生活，出门打工……夜里，趴在工地的木板床上，那时候，真的好累！”

往前数过去，往后数未来，从此，除了认真生活，依旧勤奋，他再也无有半个字埋怨生活。

许是见惯了太多只因一点点鸡零狗碎便能叨叨好几天，几大堆的庸人相，听闻此言，我突然双手蒙面，泣不成声。

因为懂得，所以慈悲……

这厚重，一如千斤铜鼎，轰然间让我轻浮飘荡在半空中的灵魂，落到了实处。

人，类……

这是一个小到无事的小小的故事，可是，它让我的灵魂得到了慰藉，原来，这世界上，还有厚重，凝重，稳重……

这不期然而至的厚重，让我这生锈的铁轨一样的灵，突然间就如同一朵蒲公英一样，盛开了花朵。

原来，富有意义的世界，不只是爱情，而表达心情的方式，也不只有哀伤。

这个长辈，他对我说那句话的时候，眼睛里全部都是真诚，真诚和信任。从此，我不再哀伤。

“雪雁的头发原来是这样梳的。”

“多买一个油饼吧。”

“小以，你的毽子掉了，给！”

“我藏起来了，钟绿，你来找我啊！”

“雪把我的头发打湿了，围巾也是。”

…………

从此，任意的一个生活中细琐的碎片，都能让我的笑容，像一堆能够温暖世人的小火一样，小火一样地温柔绽放。是的，微笑着，快乐着，才是活着唯一正确的方法。然而，这不代表我忘记了爱情。

许多年前，在一个古老教堂的门扉旁，写着这样几行小字，大意是:“在这孤寂的人生里，不管你有没有遇到，但都请你相信，这世上是有爱情的，因为万物因它而生，因为只有它才是保持生命之树常青的一块绿洲。”

网络便利，人心浮躁，红男绿女们，极其轻易地便勾通了暧昧的电眼。

于是，“爱情”依旧很贵。然而，我再也不去追问，我再也不去思考，我到底能不能拥有得起它了。

对于它，从此，我不去求证，我，只选择相信。

哪怕这个人世间，事实上从此再也没有了爱情，我的心，我的心依旧心甘情愿，做这人生荒原上最后的一只鸟。

风吹不直河流

风，吹不直河流。

而所有的雪，最后都变成了河流。

那些死去的光阴，和无数条三文鱼一起，循着天地万物无限的更替，也能够在时间的河流里再生，你到来的时候我的手指刚好受了伤，鲜红的血，一滴一滴，直落在新割的金黄的麦子上，你望着我，就像望着一株麦子，于是全世界就都是闪烁着的河流和眼睛了。

这大雾弥漫的人生啊，其实只需要一软尘世的炊烟，就能将我们牵引回到最初和起点，然而，要想回去，何其之难。

谁的心事，边开边落？谁的好运，被时间选择？我听得到自己关节响动的声音，恰如我能听到这条风吹不直的河流，它们如冰的脊梁，在状如云层的洁白里清脆断裂。

岁月窸窸窣窣，夹带着几声咳嗽，让我仿佛空的心，不再那么空，就好像这条寂静的河流里，岁月以淘气往它的身体里投入了几颗前世的石子。于是，亲人与亲人进行了一场虚谈，而河流与石子之间，也进行了一场相认。这虚谈与相认，它们是那么缥缈到似乎无所有，却又实在到让人，也让一条河流心里踏实。

风吹不直河流，路依然年轻，记忆却太老了。太老了的记忆，因为无处诉说，所以，就恰如这河流一般轻叹，轻叹，落寞，又经久不息。

鸽子像白云朵，飞过你摊开的双手，你如风，在我的心中疾走，那么白，那么轻，那么虚幻，山坡上长满了金黄的麦子，这金黄的河流，可以燃可以流，直饮蜜甜，蜜甜得像一只古老的陶罐，盛不下这个，起承转合的七月。

雨是次要的

你来了，一切就以你为主了。

那陪伴了我许久的雨是次要的，那来自平原的风也是次要的，战争是次要的，前程是次要的，还有时局，都是次要的了。

野菊花开满了道路，还有那么多不知其名的小草，在阳光下舒展，顺从的样子，一如被爱情征服的女人。

小屋坐落在草丛中，小屋坐落在花丛中，古旧的门，古旧的窗，悄无声息。除了洁净，就是静谧了。

窗子里的明火明着，你送我的花，哦，不，是我替你给我买的花，依旧缀满洁白的芽蕾和油亮的新叶。它们最肥绿热闹的时候已经过去了，只留下安静，只留下悄无声息。

你，没有你，没有你的岁月，生命是时时刻刻不知如何是好……

其实，我也是知道李渔的，其实我也是知道庄子的，还有纳兰性德。可是，书是读不下去了，诗也是写不成篇的。

那就做另外的事情吧，比如浇花，比如摹字，可是，可是最终，我什么也没做成。

不白不黄的花，兀自开谢在我的露台。

李渔曾说，花是嫔妃，该分出三六九等来。这样的李渔，读多了让人心胸逼仄。

倒不如读庄子，这个讲故事从来不拿花说事的人，他开阔，开阔得如同天地良辰，每日里只且自逍遥。

陌生人，请你不要从我的窗前经过，因为你的脚步，使我惊心。一惊之后，是一寂，这一寂，是比悄无声息更寂寥……

“那嗒嗒的马蹄，是个美丽的错误，你不是归人，是个过客……”

我喜欢的，是李煜，这个被称为“千古词帝”的落魄帝王，山河破碎时，最是那：

“春花秋月何时了，往事知多少。小楼昨夜又东风，故国不堪回首月明中。雕栏玉砌应犹在，只是朱颜改。问君能有几多愁，恰似一江春水向东流。”

一曲《虞美人》，至情至性，而又肝肠寸断，最撩离人心。

不知怎的，想起潘玉良，这个用画诉尽一生的奇女子。

这个本名张玉良的风尘女子，身世岂止是单薄。

幸好，她遇见了她生命中的贵人，从而完成了她“孤儿——被卖入青楼——艺术的追求者——大学教授——世界艺坛的著名艺术家”艰难坎坷的一生。

潘玉良，这个“美”的富有者的一生，真是惊险。

我曾不止一次假想，要不是遇到了慧眼识珠的潘赞化，她的一生，也不过是毫无声息地湮没在烟雨绮梦的无数个青楼之中的一个中了。

回首今朝，世事浮华，人性琉璃，从此也难再见潘玉良了，而世间，也从此再无潘赞化。

这个真实的故事，它的什么吸引了我呢？

是人性的纯良赤诚，是潘张二人遭际的奇巧和他们胸襟的大开大合。一个是君子怜才成人美，一个是天赋异禀赋传奇。

于是，万般思索之后，人生便在日常之外显出第二重意义来。那人性的纯洁美好和相遇相爱之后的重情重义，如同一辆童车，与我适合，向我靠近，使我的灵安详。

它们，让我明晰地知道，生命到底是什么，无非像个人一样，活出一点恩义和人味来。

白露微凉，灯火迷离的小巷，这是人间的清晨，还是人间的傍晚，思绪弹跳迷离中，我竟然分不清了。

这都不重要了，我在等你，怀着泥土对大地一样的虔诚。

全部等你的时候，我是微笑着的。

白兰花选择开放在这里，这里一定是个吉利之地，它适合和平，它适合相见，它适合生长和繁荣一切美好的东西，比如那一株在我的露台上完成了它从怀苞、开花、结果，直至凋谢的一生的龙葵，以及爱情。

墙壁上折射出金色的光，安静已经进入了我的生命，那里具备着庇护爱人的力量。

有人说，即便大地上有一千个人走过，我也能听出哪个是你的脚步声。

终于，小路上响起了跫音，那是你的脚步声，我能辨别得分明。

你来了，一切就以你为主了。

那陪伴了我许久的雨是次要的，那来自平原的风也是次要的，战争是次要的，前程是次要的，还有时局，都是次要的了……

淅淅沥沥的雨，叮叮当当的雨，恰如，恰如这淅淅沥沥而又叮叮当当的人间。

我从一场酣睡中醒来，原来，是梦境，是一场因酒醉而桃花盛开的持久而惆怅的梦……

这世上我唯一宁愿买贵的东西

当马洛向斯坦因问及如何对付吉姆的浪漫幻想时，斯坦因用手指“轻轻地敲了一下桌子”，算作回答，这也是吉姆最后所采纳的方法。不过，马洛的询问更直接：“严格说来，问题不是怎么样根治，而是怎么样生活。”

我最近遇到一个很棘手的问题，思想里凌乱而痛苦，然而，出现在《康拉德小说主体》第二章《小说中的主体解构》中的这段话，就像一副对症的药物一样出现在了我的面前。

是的，问题不是怎样根治，而是怎么样生活。

怎么样生活？显然，如今，我们都已经不为衣食住行而发愁了，那么，剩下的就是精神的问题了。

“一个浪漫主义者，是否能够帮助另外一个浪漫主义者实现梦想，甚而，一个浪漫主义者能否拯救另外一个浪漫主义者于他苦闷压抑的世界？”

我想，如果上面这句话中的第一个人，也就是动作的执行者，他真的要去做这件事，也就是想要帮助另外一个浪漫主义者实现自己的梦想，甚而想要拯救另外一个浪漫主义者于苦闷压抑，那么，他需要付出的东西很贵，绝不是物质，绝不是一朝一夕，也绝不会是三五年，而是一颗心全部的热情、力量和勇气，甚而，是他自己的生命。

这个世界上，有些东西，它天生很贵。

记得几年前，因事过庄浪，车子疾行间，我竟然就在道右半截嶙峋的土崖上看到了斜曳而出的小儿臂那么长而弯曲的半截甘草根，因为并不粗壮，山崖又高它又细，以至于在北风中摇摇欲跌。

本来也只是稀松平常的一件事，本来也只是稀松平常的一株植物，可是，就只在瞧见那株甘草根的时候，我突然顿悟了一个道理——植物“甘草根”，它就是上天为“咳嗽”这种疾患早就预备好的一味良药。

于是，我就想，那么，这世上所有的不幸和疾患，上天必定也是早就为它预备了一味良药的。

从那以后，我的心就少了忧悒，我心中充满了一个信念，一个信仰：只要你在端直善良的路上行走，你生命中所有的疾患，自有上天为你预备好了对症的良药。

我不知道，这个，我从那株甘草根而来的顿悟背后的深意，是否也是那些需要被帮助和救助的人们所了解和深刻体味了的。

体味者有福，上天早就有意助你，只看你是否有意顺从天意。

曾经有一段时间，不管是之于物质还是之于精神，我都很节约而克制，可是，后来，我发现，这个世界上，有些东西，它天生很贵。

就比如，一个浪漫主义者想要帮助另外一个浪漫主义者实现梦想，甚而，一个浪漫主义者想要拯救另外一个浪漫主义者从他苦闷压抑的世界中解脱出来而走向新生。

如今，我们，包括我，早就不再因衣食住行而困顿了，那么，我们是否有勇气和毅力，来支付我们想为之支付的东西呢？

答案是肯定的，好吧，我们不再假定，我们就确定，一个浪漫主义者是确定要帮助另外一个浪漫主义者实现梦想了，甚而，一个浪漫主义者是确定要拯救另外一个浪漫主义者走出他的苦闷压抑的世界了。

如果失败，那么，上面这段话里的第一个动作的执行者，也注定是要付出他生命全部的青春、勇气、热量和爱了。

危险吗？

危险！

然而，之于我，这个东西，就是这世上我唯一宁愿买贵的东西了。

半个梦

月亮照在村庄上，尘兮来向我告别，说要远行，西风过处，薄衫已被雨零落。

最后一藤使君子的杪头花红透的时候，我坐在三月的春风里，井边。

“杪”是一个汉字，音 mi ǎ o，从木，少声，指树枝的细梢。可做形容词和名词，形声。

是啊，“杪”是一个汉字。我是个唐人，女子，三十三，从良人，无声。

“山中一夜雨，树杪百重泉”，王维兄，你竟是在写我身边的物华风流么？不然，如何你就在《送梓州李使君》中这样说，说“山中一夜雨，树杪百重泉”。这夜雨简直就是我的夜雨啊，还有这树杪，这百重泉，还都是蜀地。然而，情思却不是我的情思。你要送朋远去，而我，在等良人归来。

也不是一夜雨，是夜夜雨。读不下去了，我再也读不下去了，王维，你可知，我无处问归期。

井壁青湿的小苔不长，井里的深水，也绝没有声响。雾疏烟淡，黄叶翻飞，金色的斜阳照进青灰的暮色稀薄里的时候，你来的那条路，更细了。

是谁说，秋来江南春事了？

月亮照在村庄上，满树琼花尽落的日长未歇里，是我的容颜在万里追索，你究竟在何处打马驰骋，抑或重门深闭？

长日漫漫，且直往漫漫里去，纵深地去。

尘兮与我为邻，在这里住了八年，半僧半俗里，是个好的读书人。

唐朝，我是个闭门不出的女子，我在等良人归来。

最后一藤使君子的杪头花红透的时候，我坐在三月的春风里，井边。

年复一年！年复一年！

月亮照在村庄上，尘兮的院落荒芜了，他临走来见我，是想让我替他清扫照看。而我，只因等不到你，把容颜，院落，和桃花，和世事都一起荒芜了。

月亮照在村庄上，唯有这深井，空洞着硕大的眼睛，和我一样的寂寥，寂寥，而只把灵秀明艳往深灰里耗！

马蹄声，是，是马蹄声！

我从井边坐起来，来不及提起裙裾，只一转身，就看到了你……

后来……

梦醒。

画面切回2017年。那一年，广东“红楼梦协会”会长说：“好诗词，好文章，好人，更容易在梦里有。”只可惜能记下的太少，还好，这半个梦，硬是给记下了，虽然不知梦中井在何处，花开几回，所谓半僧半俗者尘兮是何人，也不知我，那个所谓唐朝女子、良人佳侣又是何人，尽皆不知。

然而，终究是梦见了，且没有像他人一样，漂亮的眼睛一睁开，就给干干净净地忘掉彻底，就索性冒着被人嬉笑的危险记下了，算来，也是一番趣事！

继续说这半个梦，后来就醒了，梦醒之后，欢喜又惆怅，唐朝女子不是杜丽娘，却活脱脱像了一回杜丽娘。于是乱填词，当日曾言，留存此处，以作痕迹。今日言，愿与君梦中再相见！

井边，月亮照在村庄上……

请不要打扰我悲凉的宁静

告别了一天的忙碌与喧嚣，我回到了房间，我把我的右手放在胸口，躺下，躺在了床中间，完全舒展。

窗玻璃上起伏的光晕，流泻回旋，楼前的树，似是镶了金边，天地圆融，我闭上了眼睛。

所有的过往，时间与年岁，成了飘忽的虚线，蛛网般衰残，我近乎忘记了我到底是谁，人们啊，请不要打扰我悲凉的宁静。

请不要打扰我悲凉的宁静，让我独自平躺在这里，让我只属于我自己。

山无业根明月高悬，清风徐朗万物寂静，我在它们中间。

听那小溪潺潺，听那松子开绽，听那一片细小衰弱的叶子，从枝头轻旋着落在了其他的枯叶，或者泥土之上。此刻，还有蝴蝶飞过吧，只有一只，恰如我，单薄而孤独，孤独而宁静。

它是一万只蝴蝶的化身吧，时而色彩艳丽，时而形似枯叶，时而疾行，时而翻飞，时而睁大着它的眼睛，好奇地凝望着这个世界，时而也会微闭双目，感受视觉之外一切这个宇宙中的细小变动，一如我。

请不要打扰我悲凉的宁静，我的锁骨冰凉，体温从我的生命里临时退场，它们没有和我说再见，它们游离于我，就像微风掠过山崖，那山崖上的佛像，笑而不语，仿佛从未历经斧凿，仿佛从未披被风霜，也仿佛，以目光指示着方向。它的面容，慈悲中透着安详，它的微笑，欢喜里流露着悲凉，却又好似，以端坐、以静默，无声地昭示着“关于我”——无欲，无为，无我。

请不要打扰它端坐的模样，恰如请不要打扰我悲凉的宁静，我就这样赤裸着脸，也赤裸着灵魂地平躺在床上。时间幽蓝，时间以幽蓝将它丝滑的光线折射在我疲惫的脸上，我脸上的皱纹，如同田间的小路，布满了泥泞，也落满了风雪，三十九岁的年轮，与我相依相傍。

泪水如泉，漫过我的脸颊，一直漫流到我的故乡，八月的婆婆纳，都长出了新的花，而所有的花蕾，都会在一场夏雨后，脸庞湿漉漉，一如我，季节与时令，空悬如剑。

十月湿润，阴凉寒冷，令人疼痛而忧伤。

让我就这样平躺着吧，请不要打扰我悲凉的宁静，此时此刻，我的心里没有惶恐，没有焦虑，也没有那因为强烈的思念而不时袭来的痛楚，我安静如斯，我悲凉如斯。

我的记忆坐在我的对面，它像我的敌人一样嘲笑我，嘲笑我的衰老和懦弱，嘲笑我的迷惘和不舍，嘲笑我像一个饥饿的人，在空无一人的旷野找寻食物和树木，天地不与我相认，草木不与我相认，青山和流云，河流和风，都不与我相认。

我对着一颗石头不断地确认我自己，我向着一株野草不断地确认我自己，然而，它们都不认识我，它们，也从未与我相遇，请不要打扰我悲凉的宁静，我单薄无助在不知从何而来的窠臼里，无法挣脱，也无法清醒。

请不要打扰我悲凉的宁静，让我自言自语，让我作为一个旁观者和我自己相处，我站远了看我，我以我观我，以疏离，以冷漠，以不解，以臆想和隔膜，看我，看我自己的心灵和轨迹，看我自己的一举一动，一挪一动，它们是那么的可笑，那么的不合逻辑不合理，那么的轻佻而轻浮，那么的笨拙而低劣。

请不要打扰我悲凉的宁静，让我生动而真切地感受一下隔着一个姓氏，隔着一脉血液，隔着一堵教养地审视我自己，思考我自己，与自己为友为盟，抑或为仇为敌，以论谈，以博弈，以争斗，以不容，审视和对待我自己。

请不要打扰我悲凉的宁静，让我在我的内里走一走，如同一株麦子在泥土里破行，乡野清凉，明月等着我，山风等着我，在执着与澄澈里，在大山隐隐的鼾声里，我与大自然息息相关，鼻息相通。

请不要打扰我悲凉的宁静，请让我安静地躺在这里，成为春天温柔的一部分。

春天，它是多么慷慨啊，它赠送我一件丝滑的春衫，以花朵，以春雨，以消融的河流，以柔顺的柳丝，抚慰我半生颠沛，半生流离。

不知从什么地方，传来一声悠扬的箫声，这箫声，它绵长而惆怅，它若即而若离，是为生故？是为离故？是为心故？是为景故？

我不愿意再追问，我不愿意再思考。

我只想安静地躺着，请不要打扰我悲凉的宁静。

后　　记

最好的声音都在钢琴的缝儿里面

昨天听到一句特别棒的话，是一位教古筝的老师在课堂上给他的学生说的一句话。他说：“最好的声音，其实都在钢琴的缝儿里面。”

我虽不懂乐器，可是，我懂他这句话。

我们以语言为例子，简单说明一下，就很清晰了。比如，我们的普通话，规定有四个声调：阴平、阳平、上声和去声。通俗一点说，就是一声、二声、三声、四声。用符号表示出来就是阴平（ˉ）、阳平（ˊ）、上声（ˇ）去声（ˋ）。但是，其实此四声之外，还有其他音，比如轻声。

那什么是“轻声”呢？它并不是普通话四声之外的第五个声调，而是在语音序列中有许多音节常常失去原有的声调，被我们习惯性地读成一个又轻又短的调子的时候，所产生出来的一种特殊的音变，在物理上表现为音长变短、音强变弱。轻声，它并没有固定的调值，一般要根据前一个字的声调来确定，所以不标声调。

那么，这个“轻声”起到一个什么作用？它极大地表现并丰富了语音、语气、语调和语意，就使得我们话听起来不那么死板方正，而是具备了音乐般的抑扬顿挫，悦耳动听的美感了。

“音”是这样，那么，“意”和“用”也是这样。我们的语言文字的意义和用法之繁复驳杂丰富，也远在学科所能规定的限额以上。

我记得在一本《中国现当代文学史》里，有一段对于中国语言文字的论述，很精彩，大意是说，我们的语言文字，其实是有弹性的，它可以扭，可以拉，可以弹，可以跳，可以截，可以折，可以随着句子和文章的整体需要灵活使用。我不大记得究竟是哪位先生的论述，总之我觉得很好。

每一个字，一旦和别的字组合起来，它已经不是单个的颗粒状的东西了。它必然与它前后的字，甚至是与它前后所有的字所形成的整个文字气质和环境氛围产生一种波状流动、弥漫广袤且不可分割的关系。它已经无法只是颗粒了，它在它是豆子珍珠一样颗粒状东西的同时，也是类似于串珠子的丝线一样的东西了。也就是我开篇引用的那位教古筝老师的话：“最好的声音，其实都在钢琴的缝儿里面。”

什么意思呢？也就是说，对于写作，好的作者，对于语言文字的运用，也必须是能够将行文前后所有的它将要置身其中的语言文字，以及它放进去以后的所有的语言文字所产生的语气、语调、氛围等一一考量、估计、预算清楚了，才选定究竟用哪个字，哪个词语，或者说，对我们将要选定运用的词语如何灵活使用，变通它的词性、意义和用法，才能达到对于整个行文来说是最具表达效果的那一个。所谓古人“吟安一个字，捻断数茎须”，是十分必要的。我们不仅要把我们的每一个字本来固定的含义和用法用好，也要把当它与别的字搭配的时候所产生的语音、语意、语境和使用方法都尽量体悟和照顾到。

语音如此，语意如此，文字如此，文章的段与段之间也如此，章与章之间也如此。而由这些基础语言文字连缀在一起所构成和形成的文章的整体思想、整体质量也是如此。语言和思想，都是各种不同学科交织融合，相避相容的复杂衔接和弥漫，而所有这一切的衔接和弥漫，我们都要做好不但要交代好每个细小的单位，还要尽量恰当贴切地搞好它们之间的衔接和搭配。

文学是以人为本的东西，主要写的，其实大多都是与人的情感情绪处境有关的一切，而人的情感情绪，不是一个一个的音和意的颗粒，而是由作者将它们巧妙搭配连缀之后形成的波浪，人的情绪情感是水波一样的“流”，而不是颗粒的珠子。

正是基于这些感悟，我才利用闲暇时日，写就了这些文字，结集成了继我的散文集《无尽的白雪》和诗集《致清水河》之后的新的散文集《月亮照在村庄上》，也就是本书。希望对大家能有哪怕一丁点的帮助和安慰，我便没有白写了。

在此，我非常感动而诚恳地感谢我的恩师，西北师范大学传媒学院的院长徐兆寿先生，能够在千忙万忙之中，挤出宝贵的休息时间，而为我的这本新书写就了字字珠玑、真心诚意、中肯温暖的话语，字字都点评到位。再次感谢我的老师，您辛苦了！

也十分感谢常年帮助我、支持我、鼓励我的家人、老师和读者朋友们，生活不易，你们对我的所有付出，都恰如月光一样，对我是一种无私的奉献，更是一种伟大的慈悲，谢谢你们！

窦娟霞

2023 年 10 月 9 日星期一，于重庆图书馆